애인처럼 사랑스런 크기
밥 사랑하듯 책 사랑을!

포켓 스마트 북 ⑬

감나무울타리

울타리글벗문학회 편

도서출판 한글

보기보다 알찬 책

포켓 스마트 북 ⑬

감나무 울타리

2025년 2월 25일 1판 1쇄 인쇄
2025년 2월 28일 1판 1쇄 발행
편   자 울타리글벗문학회
기획자문 최강일
편집고문 김소엽 엄기원 이진호 김무정
편집위원 김홍성 이병희 최용학 심강일
발 행 인 심혁창
주   간 현의섭
교   열 송재덕
디 자 인 박성덕
인   쇄 김영배
관   리 정연웅
마 케 팅 정기영
펴 낸 곳 도서출판 한글
우편 04116
서울특별시 마포구 신촌로 270(아현동) 수창빌딩 903호
☎ 02-363-0301 / FAX 362-8635
E-mail : simsazang@daum.net
창   업 1980. 2. 20.
이전신고 제2018-000182
* 파본은 교환해 드립니다.
* 정가 7,000원
* 국민은행(019-25-0007-151 도서출판한글 심혁창)
ISBN 97889-7073-642-6-12810

머리말

스마트폰과 스마트 북의 하모니

이 포켓 스마트 북 『울타리』는 정기 간행물이 아닌 휴대 간편한 포켓북입니다. 지금까지는 '스마트폰' 때문에 종이책 독자가 줄어서 출판문화가 무너진다고 비명을 질렀습니다만—

스마트폰은 독서 인구 개발 가이드

세계적으로 책 안 읽는 국민이 우리라고 했는데!

지금은 세계에서 스마트 폰을 가장 많이 읽는 국민이 우리가 아닌가 합니다. 전 국민이 폰에서 만화, 게임, 문학작품, 각종 정보를 읽는데 그 중 50%는 문학작품과 실용문 독자입니다.

스마트 폰에서 독서의 즐거움에 길이 들면 종이책으로 눈을 돌릴 것으로 믿습니다. 독서인 가이드가 될 스마트 폰의 공로를 기대합니다. 전파정보는 바람 같고 구름 같아 한번 지나가면 그만입니다. 그래서 스마트 북은 전파를 타고 흐르는 보석 같은 작품과 정보를 채택하여 종이책에 모십니다.

이 책을 읽으신 후 가까운 분한테 돌려주시면
우정의 좋은 선물이 될 것입니다.
울타리를 사랑하고 후원해 주시는 독자님들께 감사드립니다.

한국출판문화수호 지킴이

발행인 심혁창

3

‖ 목 차 ‖

5

전철에서 만난 독자들

나는 전철에서 책 읽는 사람을 찾는다. 주로 경로석 쪽에 얌전한 독자들이 전철 칸과 칸 사이 경로석 벽에 기대어 책 읽는 분이 많다. 독자에게 무례한 줄 알면서도 말을 건넨다.

"죄송합니다만 책 표지 좀 촬영할 수 있을까요?"

그러면 100% 허락하고 책 표지를 펼쳐준다. 그러면 한 수 더 떠서 지금 읽고 계신 본문 두 페이지만 촬영하게 해 달라고 하면 역시 웃으며 본문을 펼쳐 보여 준다.

책 많이 읽는 사람은 거의 곱고 착한 인상이다.

내가 만난 분들의 책을 소개한다. 그분들이 읽는 책은 모두가 건전하고 수준 있는 양서였다.

독자와 책을 만나 표지를 찍고, 금방 읽고 있는 2쪽을 촬영하여 그 대목을 읽어보면 신기하게도 그 책 주제의 핵심이 정리된 듯한 내용들이었다. .

(독자와 만남의 톱 타이틀을 전철맨으로 함)

(전철에서 만나 양해해 주신 분들께 감사드립니다)

혼자일 수 없다면 나아갈 수 없다

인간이 다른 어느 동물보다 영악하여 불안정하고, 변화하기 쉽고, 불확정적이라는 것은 의심할 여지가 없다. 인간은 한마디로 고뇌하는 동물이다.

인간만이 고뇌한다.

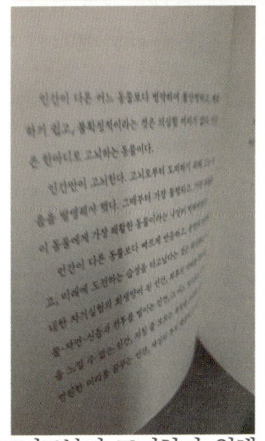

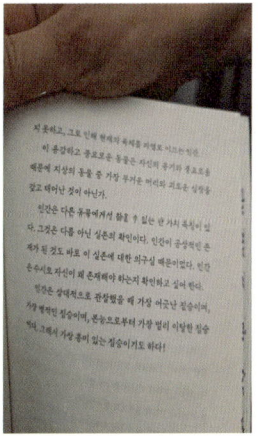

고뇌로부터 도피하기 위해

중략--

90다른 동물보다 빠르게 반응하고, 미래에 도전하는 습성을 타고났다는 것은 삶에 대한 자기 실험의 희생양이 된 인간 최후의 물·자연·신들과 전투를 벌이는 인간, 최후의 지혜를 알 수 없는 인간, 영원한 미래를 꿈꾸는 인간, 지칠 줄 모르고, 영원한 미래를 꿈꾸는 인간. 그로 인해 육체를 파멸로 이끄는 인생.

이 용감하고 풍요로운 동물은 자신의 용기와 풍요로움 때문에 지상의 동물 중 가장 무거운 머리와 괴로운 심장을 갖고 태어난 것이 아닌가.

인간은 다른 동물에게선 찾을 수 없는 한 가지 특성이 있다. 그것은 다름 아닌 실존의 확인이다. 인간이 공상적인 존재가 된 것도 바로 이 실존에 대한 의구심 때문이었다. 인간은 수시로 자신이 왜 존재해야 하는지 확인하고 싶어 한다.

인간은 상대적으로 관찰했을 때 가장 어긋난 짐승이며, 가장 병적인 동물이며 본능으로부터 가장 멀리 이탈한 짐승이다. 그래서 가장 흥미 있는 짐승이기도 하다.

최대형 지음

역사의 쓸모

사회니까 노동력을 최대한 확보해야 유리해요. 풍홍이 망명하면 어마어마한 인적, 물적 자원이 생기는 거잖아요. 왕이었던 사람이니 따르던 백성도 함께 데려오고 재물도 가지고 올 테니까요. 고구려로서는 국력을 키울 수 있는 절호의 기회였습니다. 하지만 풍홍을 받아들이면 북위와 등을 돌리는 것과 한가지예요. 굉장히 부담스러운 일이죠.

고심하던 장수왕은 결단을 내립니다. 북위가 북연을 함락하는 순간 산등성이에서 커다란 나팔소리가 들려요. 바로 고구려 군대의 나팔소리였습니다. 얼마나 대규모의 군대를 보냈냐면 군사들의 행렬이 무려 32킬로미터나 이어졌다고 해요. 고려의 군대가 풍홍의 무리를 호

위해서 떠나는데도 북위의 군대는 그냥 멀뚱멀뚱 보고만 있었습니다. 고구려의 군사들이 워낙에 막강했어요. 괜히 전면전을 펼쳤다가 북위의 군사들이 극심한 피해를 볼 수도 있었지요. 게다가 고구려가 동맹을 맺은 국가가 한둘이 아니었던 만큼 여러 나라를 적으로 돌리게 될 수도 있었습니다.

복위는 고구려 군대가 풍홍을 데리고 간 뒤에야 항의합니다. 중흥을 보내지 않으면 전쟁을 하겠다고 선포하죠

파울로 코엘료 장편소설/민은영 역

불 륜

주일 후, 내가 절대 하지 않겠다고 다짐한 일을 한다.

정신과에 가기.

각기 다른 의사 세 명에게 예약을 해두었다. 처음에는 예약이 모두 꽉 차 있었다. 정신의 불균형을 겪는 제네바 사람의 수가 일반적으로 상상하는 것보다 훨씬 많다는 증거다. 우선 긴급하다는 말부터 꺼내 보았지만 각 병원의 접수 담당자들에게선 급하기는 모두 마찬가지라며, 우리 병원을 찾아주어 고맙다. 그러니 매우 죄송하게도 다른 예약을 취소할 수는 없다는 대답이 돌아왔다. 나는 절대로 실패하지 않는 카드를 꺼냈다. 내 직업을 밝힌 것이다. '기자'라는 마법의 단어와 함께 주요 신문사의 이름을 대면 많은 문이 열리기도 하고 닫히기도 한다. 이 경우, 나는 결과가 좋을 것임을 알고 있었다. 예약이 이루어졌다.

아무에게도 말하지 않는다. 남편도 상사도 모른다.

첫 번째 병실에 간다. 영국인 억양이 있는 좀 이상한 의사인데, 의료보험을 적용해 줄 수 없다고 매우 단호하게 말한다. 스위스에서 불법으로 일하고 있는 의사가 아닌가 하는 의심이 든다.

나는 인내심을 쥐어 짜내며 내게 일어나고 있는 일들을 설명한다. 프랑켄슈타인과 그의 괴물, 지킬 박사와 하이드의 예도 든다. 내 안에서 깨어나 내 통제를 벗어나려 하는 그 괴물을 제어할 수 있도록 도와달라고 한다. 의사는 그게 무슨 뜻이냐고 묻는다. '나는 어떤 여자에게 마약 거래 혐의를 씌워 체포되게 만들려고 했어요.' 식의 이야기까지 속속들이 해 나 자신을 궁지에 몰아넣고 싶지 않다.

거짓말을 하기로 한다. 살인에 대한 생각을 하고 있다고, 자고 있는 남편을 죽이고 싶다는 생각을 한다고 설명한다.

의사는 우리 부부 중 애인을 둔 사람이 있는지 묻고, 나는 아니라고 대답한다. 의사는 무슨 말인지 전부 이해한다며,

그런 생각은 지극히 상식이라고 한다. 일주일에 세 번씩 일 년만 치료하면 그런 중 1일 50퍼센트까지 낮출 수 있다고 한다. 나는 충격에 빠진다.

1Q84

분이 없는지 한 차례 확인했다. 부자연스러운 부분은 찾을 수 없었다. 좋건 싫긴 평소 그래도 자신의 얼굴이었다.

우시카와는 자신을 리얼리스틱한 인간이라고 간주해 왔다. 그리고 실제로 그는 리얼리스틱한 인간이었다. 형이상학적인 사면은 그가 바라는 바가 아니다. 만일 그곳에 실제로 뭔가가 존재하고 있다면, 이론적으로 맞든 안 맞든 논리가 통하든 안 통하든 그것을 일단 현실로 받아들이는 수밖에 없다. 그것이

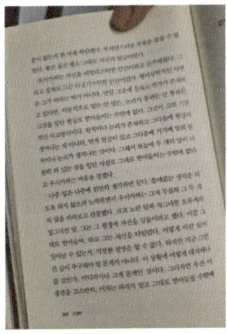

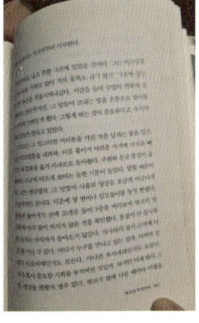

그의 기본적인 사고방식이다. 원칙이나 논리가 존재하고 그다음에 현실이 생겨나는 게 아니라 먼저 현실이 있고 그 다음에 거기에 맞춰 원칙이나 논리가 존재하고 그 다음에 현실이 생겨나는 것이다. 그래서 하늘에 두 개의 달이 나란히 떠 있는 것을 일단 사실로 그대로 받아들이는 수밖에 없다고 우시카와는 마음을 정했다.

나중 일은 나중에 천천히 생각하면 된다. 쓸데없는 생각은 되도록 하지 않으려 노력하면서 우시카와는 그저 무심히 그 두 개의 달을 바라보고 관찰했다.

크고 노란 달과 자그마한 초록색의 일그러진 달. 그는 그 광경에 자신을 길들이려고 했다. '이걸 그대로 받아들여' 하고 그는 자신을 타일렀다. 어떻게 이런 일이 일어날 수 있는지, 적절한 설명은 할 수 없다.

하지만 지금 그런 건 깊이 추구해야 할 문제가 아니다. 이 상황에 어떻게 대처해 나갈 것인가, 어디까지나 그게 문제인 것이다. 그러자면 이 광경을 고스란히, 이치는 따지지 말고 그대로 받아들일 수밖에 없다.

이야기는 거기서부터 시작된다.

후시카와는 십오 분쯤 그곳에 있었을 것이다. 그는 미끄럼틀 등을 기대고 앉아 거의 꿈쩍도 하지 않고, 그곳에 있는 자신을 적응시켜 나갔다.

시간을 들여 수압의 변화에 순응해 가는 잠수부처럼,

그 달들이 보내는 빛을 온몸으로 맞아들여 피부에 스며들게 했다. 그렇게 하는 것이 중요하다고, 우시카와으 본능을 알리고 있었다.

그리고는 그 일그러진 머리통을 가진 작은 남자는 몸을 일으키고 미끄럼틀을 내려와, 이름 붙이기 어려운 사색에 의식을 빼앗긴 채 걸음을 옮겨 아파트로 돌아왔다. 주위의 온갖 풍경이 조금씩 다르게 보이는 듯한 기분이 들었다.

달빛 때문이라 그는 생각했다. 그 달빛이 사물의 양상을 조금씩 어긋나게 만들어버린 것이다. 덕분에 몇 번이나 길모퉁이를 놓칠 뻔했다.

현관에 들어서기 전에 고개를 들어 3층을 바라보며 덴고의 방문에 아직 불이 켜지지 않은 것을 확인했다. 몸집이 큰 입시학원 강사는 아직까지 돌아오지 않았다.

식사하러 잠시 근처에 나간 게 아닌 것 같다. 어디서 누구를 만나고 있는 걸까. 어쩌면 상대가 아오마메인지도 모른다. 아니면 후카에리인지노 모른다. 내기 혹시 중요한 기회를 놓쳐버린 것일까. 하지만 이제 와서 그런 생각을 해봤자 별수 없다.

사랑의 꼭꼭꼭

인산 김영백

1. 어느 실버스쿨에서

요즘 당신은 얼마나 웃으세요?

어린 아기들은 하루에 500번을 웃는데 노인들은 하루에 3번밖에 웃지 않는다는 세미나 강사의 말이 생각난다.

웃음은 인간만이 누리는 축복이다. 웃는 집에 복이 온다는 소문만복래라는 말이 있을 뿐 아니라 웃음은 심장마비를 막아주고 혈액순환을 좋게 해서 뇌졸중을 예방한다고 하니 노인들에게 얼마나 귀한 처방약인가.

탈무드에 "하나님 앞에서 울고, 사람 앞에서 웃어라."라는 웃음에 대한 교훈이 있다.

웃음은 돈 주고도 살 수 없지만 우리의 노력 여하에 따라서 얼마든지 공짜로 가져올 수 있고 평생 리필도 가능하다.

웃음은 전염성이 강하다고 한다. 행복한 웃음 바이러스를 팍팍 퍼뜨려 우리 사회를 밝고 명랑하고 건강한 사회로 만들었으면 한다.

2. 빠삐용

빠삐용은 1978년에 개봉된 영화 주인공의 이름이다.

스티브 맥퀸이 열연한 주인공 빠삐용은 악마의 섬에서 탈출한다. 그때 더스틴 호프만이 연기한 지폐 위조범인 드가가 함께 탈출하기를 포기하고 혼잣말로 독백하듯 중얼거리기를 "네가 아무리 이 섬에서 탈출한다 해도 네 마음의 감옥에서 벗어나지 않는다면 너는 여전히 감옥 속에 갇혀 있는 거야."라는 이 말이 빠삐용을 유명하게 만든 화두가 된 것이다.

어느 집회에서 광고를 하는 목사님이 빠삐용을 머리 글자로 한국교회 교인들이 신앙생활을 하는데 꼭 필요한 의미 있는 표현으로 소개하였다. 우리는 신앙생활을 하면서 이것을 꼭 실현하자는 것이다.

빠 – 빠지지 말고

삐 – 삐지지 말고

용 – 용서하며 살자.

3. '꼭꼭꼭?' '꼭꼭!'

어느 노부부의 사랑 이야기.

어느 노부부는 어디를 가든 손을 맞잡고 다녔다. 보기만 해도 참 좋았다. 어느 날 물어보았다.

"두 분은 아주 사랑하시는가 봐요? 두 손을 항상 꼭 잡고 다니시네요."

두 부부가 똑같이 "아, 예!" 하며 "하하" 웃었다. 그러다가 남편이 입을 열어 다음과 같은 말을 했다.

"우리는 손만 잡고 다니는 것이 아니에요."

"그럼 뭘 더 하시죠?"

"우리는 서로 '꼭꼭꼭' '꼭꼭'을 한답니다."

그는 말을 계속했다. "서로 손을 잡고 다니다가 제가 엄지손가락으로 아내의 손에다 '꼭꼭꼭'을 세 번 누르면 아내도 '꼭꼭' 하고 엄지손가락으로 제 손을 두 번 눌러줍니다. 아내가 먼저 제게 '꼭꼭꼭?' 할 때도 있어요. 그러면 저도 '꼭꼭'하고 답을 하죠. 우리 둘 사이에서 '꼭꼭꼭'은 '사랑해'라는 표시이고 '꼭꼭'은 '나도'라는 신호입니다. 우리는 손만 잡고 다니는 것이 아니라 자주 '꼭꼭꼭' '꼭꼭'을 한답니다."

그러면서 남편은 그렇게 '꼭꼭꼭'을 시작하게 된 사유를 말했다.

"이웃에 우리보다 나이가 많은 노부부가 살고 있었습니다. 마치 젊은 연인처럼 손을 꼭 붙잡고 다녔어요. 그런데 부인이 갑자기 뇌졸중으로 쓰러지더니 의식을 잃고 말았답니다. 남편은 아연실색하지 않을 수 없었고 부인은 중환자실에서 신송장이 되었답니다. 호흡만 붙어 있을 뿐 말도 못하고 움직이지도 못하여 죽을 날만 손꼽아 기다리는 상황이었답니다. 그러던 어느 날 남편이 병실을 방문했을 때. 경황이 없어서 그동안 아내에게 하지 못한 일이 있는 것을 알았답니다. 즉시 아내 손을 붙들고 전에 하던 대로 엄지손가락을 잡고 '꼭꼭꼭, 사랑해'라고 또박또박 세 번을 눌러주었답니다. 그런데 바로 그 순간 아내의 손가락이 서서히 움직이며 힘겹게나마 '꼭꼭, 나도'하고 반응을 일으켰답니다. 아, 아내가 살아 있다 하고 그때부터 남편은 아내 곁에서 손을 붙잡고 계속해서 '꼭꼭꼭'을 했고 아내 역시 '꼭꼭'하고 화답했답니다. 게다가 아내의 손에 힘이 더 들어가는 것이 느껴졌고 얼마 후에는 놀랍게도 아내의 의식이 돌아왔답니다. 기적이 일어난 것입니다. "꼭꼭꼭", "꼭꼭"이 아내를 살려낸 것입니다.

다 죽어가던, 다 꺼져가던 아내의 생명 심지에 '꼭꼭꼭' '꼭꼭-'사랑해' '나도'가 스파이크를 일으켜 생명의 불을 다시 피우게 한 것이다. 사랑이 죽어가던 생명을 구한 것이었다.

이 감동적인 이야기를 듣고 나서 우리 부부도 작정하고 손을 서로 잡고 다니면서 '꼭꼭꼭', '꼭꼭-'사랑해' '나도'를 실천하기 시작했다. 그로부터 우리는 정말 너무너무 행복해졌다.

나는 여기까지 말하고 엄지손가락을 펴 보이며

"당신도 사랑하는 아내와 그렇게 해 보지 않겠습니까? '꼭꼭꼭', '꼭꼭!'"

4. 어느 노부부의 소원

결혼한 지 35년이 되는 금실 좋은 노부부가 있었다. 남편의 회갑잔치를 위해 많은 준비를 하는데 전날 밤에 이들 노부부에게 천사가 나타나서 하는 말이 금실이 좋으니 내가 각각 한 가지씩 소원을 들어주겠다고 했다.

할머니는 가난하고 바쁘게 사느라고 세계 여행을 못 해 보았다며 세계일주여행을 했으면 좋겠다고 했다. 천사가 손을 들어 두 장의 세계 일주 비행기표를 주었다. 그런데 60세 할아버지는 자기보다 30세 아래 젊은 여자와 한번 살아보는 것이 소원이라고 했다.

할머니는 이런 남자를 믿고 35년을 함께 산 것에 화가 치밀었고 천사는 금실 좋은 인간도 별수 없구나 하고 할아버지에게 한 번 더 생각해 보라고 했다.

다시 한 번 생각한 할아버지는 그것이 자기의 간절한 소원이라고 했다.

그러자 천사가 손을 번쩍 들자, 할아버지 소원대로 30세 아래인 할머니 앞에서 할아버지는 90세 꼬부랑 할아버지로 변해 버렸다.

김영백

* 한국크리스천문학가협회 회원, 나사렛대학교신학과, 서울신학대학교 목회대학원. 미국 Mount Vernon Nazarene University 명예 신학박사 학위 취득, 남서울교회), 나사렛대학교 이사장, 나사렛성결교회 감독회장 역임
* 현) 남서울교회 원로목사

‖ 속 깊고 멋진 남편 ‖

함께 채워 가는 사랑

친구의 소개로 직업군인을 만나게 된 어느 여인이 있었습니다.

무남독녀로 자란 그녀는 남편을 처음 만났을 때 너무나 씩씩하고 남자다운 매력에 반해 자신이 먼저 프러포즈를 하는 바람에 만난 지 6개월 만에 결혼을 하게 되었습니다.

그런데 막상 결혼을 해서 살다 보니 이야기가 완전히 달랐습니다. 남자다웠던 매력은 너무 말이 없어 어디론가 사라져 버렸고, 무뚝뚝한 성격은 재미가 없었고, 일만 열심히 하는 타입이다 보니 조금씩 실망감이 들기 시작했습니다. 무엇보다 모든 일의 우선권을 시댁부터 누는 권위를 부리는 모습을 보고는 불만감도 커지고 말았습니다.

그런데 하필 친정아버지의 기일과 시댁의 제삿날이 하루의 차이가 났습니다. 그러다 보니 시댁에서 음식을 장만하느라 친정엔 갈 수가 없었습니다. 친정 엄마 혼자서 쓸쓸히 제사를 지내야 하는 것이 늘 마음에 걸렸

21

지만 어쩔 수가 없다 보니 마음만 아플 뿐이었습니다.

결혼한 지 3년째가 되는 어느 날 친정엄마에게서 전화가 왔습니다. 엄마는 작은 목소리로 내일 모레가 너의 아빠 제삿날인데 이번엔 내가 너무 아파서 그러니 네가 좀 와서 도와줄 수 없느냐고 힘없이 부탁을 했습니다. 감기 몸살로 심하게 앓고 있는 엄마가 오죽하면 전화를 했을까!

딸은 마음이 너무 아팠습니다. 아내는 이번 제사는 친정으로 가면 안 되겠냐고 남편에게 슬쩍 물었습니다. 그런데 남편의 한 마디에 마음이 무너지고 말았습니다.

"그럼 우리 집 제사 음식은 누가 만들고?"

아내는 예상은 하고 있었지만 남편의 무뚝뚝한 대답에 더욱 더 큰 실망감에 빠지고 말았습니다. 다음 날 아침 일찍부터 제사 음식을 장만하고 있는 며느리를 시어머니께서 살짝 한쪽으로 부르시더니 친정어머니께서 많이 아프시다니 빨리 친정으로 가서 어머니를 도와 드리라고 하며 용돈을 쥐어 주셨습니다.

아마 남편이 어머님께 이야기를 한 것 같았습니다. 부랴부랴 옷을 챙겨 입고 집을 나서서 버스를 탄 아내는 기쁜 마음으로 남편에게 전화를 걸었습니다.

"여보, 나 지금 친정 가는 길이에요. 당신이 어머니

에게 말했어요?"

남편은 고맙다는 말도 하기 전에

"나 바빠!"

한 마디를 하며 전화를 끊었습니다. 저녁이 되어 친정집에 도착하자 문 앞에 어디서 많이 본 차가 있었습니다. 남편의 차였습니다. 대문을 열고 들어서자 남편이 직접 음식을 만들고 있었습니다. 놀란 아내가 아무 말도 못하고 있는데 친정엄마가 활짝 웃으며 말했습니다.

"아! 글쎄 이 서방이 새벽같이 와서 수도랑 변기를 고쳐주고, 집안의 꺼진 등까지 다 갈아 끼워줬단다. 시장에서 장까지 봐와서 저렇게 직접 음식을 만들고 있는데 보통 솜씨가 아니야. 나 보고는 꼼짝 말고 계시라고 해서 난생 처음 호강을 누리고 있는 중이야."

엄마는 행복한 미소를 띠고 있었고 딸은 남편에게 달려가 품에 안기어 닭똥 같은 눈물을 흘리고 있었습니다. 그것은 고마움이 가득 담긴 기쁨의 눈물이었습니다. 새로 갈아 낀 전등의 등불이 오늘따라 두 사람을 유난히 밝게 비춰주고 있었습니다.

대나무가 높게 설 수 있는 이유는 곧아서도 아니고 단단해서도 아닙니다. 그것은 대나무의 뿌리가 땅속의 흙과 깊은 인연을 맺어왔기 때문입니다. 어렵고 힘든 세상을 살아가면서 사람들이 서로 지탱할 수 있는 것은 어느 한 사람의 힘이 아니고 능력도 아닙니다. 그것은 때때로 서로를 위해 흘려준 눈물과 서로의 기댐이 있었기 때문입니다. 어렵고 힘든 세상에서 함께 기댐이 되어줄 수 있는 착하고 선한 삶을 사시기를 바랍니다.

그리하여 함께 기대어 있을 수 있도록 서로서로 두 손을 굳게 잡아 주심으로 여러분 모두 아름다운 나라에서 행복한 삶을 살아갈 수 있기를 소망합니다.

아! 나의 아내여!

저만치서 허름한 바지를 입고 엉덩이를 들썩이며 방 걸레질을 하는 아내가 보였다.

"여보, 점심 먹고 나서 베란다 청소 좀 같이 하자."

"나 점심 약속 있어."

해외출장 가 있는 친구를 팔아 한가로운 일요일, 아내로부터 탈출하려고 집을 나서는데, 양푼에 비빔밥을 숟가락 가득 입에 넣고 우물거리던 아내가 나를 본다. 무릎이 나온 바지에 한쪽 다리를 식탁 위에 올려놓은 모양이 영락없이 내가 제일 싫어하는 아줌마 품새다.

"언제 들어올 거야?"

"나가 봐야 알지."

시무룩해 있는 아내를 뒤로 하고 밖으로 나가서 친구들을 끌어 모아 술을 마셨다. 밤 12시가 될 때까지 그렇게 노는 동안 아내에게서 몇 번의 전화가 왔었다. 받지 않고 버티다가 다음에는 배터리를 빼 버렸다.

그리고 새벽 1시쯤 난 조심조심 대문을 열고 들어왔다. 아내가 소파에 웅크리고 누워 있었다. 자나 보다 생각하고 조용히 욕실로 향하는데 힘없는 아내의 목소리가 들렸다.

"어디 갔다 이제 와?"

"어. 친구들이랑 술 한잔 했어, 어디 아파?"

"낮에 비빔밥 먹은 게 얹혀 약 좀 사오라고 전화했는데."

"아, 배터리가 떨어졌었어. 손 이리 내봐."

여러 번 혼자 땄는지 아내의 손끝은 상처투성이였다.

"이거 왜 이래? 당신이 손 땄어?"

"어. 너무 답답해서."

"이 사람아! 병원엘 갔어야지! 왜 이렇게 미련하냐?"

나도 모르게 소리를 버럭 질렀다. 여느 때 같았으면, 미련하다는 말이 뭐냐며 대들만도 한데, 아내는 그럴 힘도 없는 모양이었다. 그냥 엎드린 채, 가쁜 숨을 몰아쉬고만 있었다. 난 갑자기 마음이 다급해졌다. 아내를 업고 병원으로 뛰기 시작했다.

하지만 아내는 응급실 진료비가 아깝다며 이제 말짱해졌다고 애써 웃어 보이며, 검사받으라는 내 권유를 물리치고 병원을 나와 버렸다.

다음날 출근을 하는데 아내가 말을 꺼냈다.

"이번 추석 때 친정부터 가고 싶다."

노발대발하실 어머니 얘기를 꺼내며 안 된다고 했더니 아내가 말했다.

"30년 동안, 그만큼 이기적으로 부려먹었으면 됐잖아. 그럼 당신은 당신 집에 가, 나는 우리 집에 갈 테니깐."

큰소리 친 대로 아내는 추석이 되자, 짐을 몽땅 싸서 친정으로 가 버렸다. 나는 혼자 고향집으로 내려가자, 어머니는 세상천지에 며느리가 이러는 법은 없다고 호통을 치셨다. 결혼하고 처음으로 아내가 없는 명절을 보냈다. 집으로 돌아오자 아내는 태연하게 책을 보고 있었다. 여유롭게 클래식 음악까지 틀어놓고 말이다.

"당신 지금 제 정신이야?"하며 호통을 쳤다. 그러나 아내는 개의치 않고 자기 말을 하고 있었다.

"여보 만약 내가 지금 없어져도, 당신도, 애들도, 어머님도 살아가는데 아무 지장 없을 거야. 나 명절 때 친정에 가 있었던 거 아니야. 병원에 입원해서 정밀 검사를 받았어. 당신이 한번 전화만 해봤어도 금방 알 수 있었을 거야. 난 당신이 그렇게 해주길 바랐었어."

그 다음 날 나는 아내와 같이 병원엘 갔다. 아내의 병은 가벼운 위염 정도가 아니었던 것이다. 난 의사의 입을 멍하게 바라보았다.

'저 사람이 지금 뭐라고 말하고 있는 건가, 아내가 위암이라고! 전이될 대로 전이돼서 더 이상 손을 쓸 수가 없다고! 삼 개월 정도밖에 시간이 없다고. 지금 그렇

27

게 말하고 있지 않은가!'

아내와 함께 병원을 나왔다. 유난히 가을 햇살이 눈부시게 맑았다. 집까지 오는 동안 아내에게 어떤 말도 할 수가 없었다. 엘리베이터에 탄 아내를 바라보며 불안한 마음을 떨쳐버릴 수가 없었다.

방문을 열었을 때, 펑퍼짐한 바지를 입은 저 아내가 없다면, 방걸레질을 하는 저 아내가 없다면, 양푼에 밥을 비벼먹는 저 아내가 없다면, 술 좀 그만 마시라고 잔소리 해주는 저 아내가 없다면, 나는 어떡해야 하나…… 가슴이 멍할 뿐이었다.

그 다음 날 아내는 함께 아이들을 보러 가자고 했다. 아이들에게는 아무 말도 말아달라는 부탁과 함께. 서울에서 공부하고 있는 아이들은 갑자기 찾아온 부모가 그리 반갑지만은 않은 모양이었다. 하지만 아내는 살가워하지도 않는 아이들의 손을 잡고, 공부에 관해, 건강에 관해, 수없이 해온 말들을 하고 있었다.

아이들의 표정에는 짜증이 가득한데도, 아내는 그런 아이들의 얼굴을 사랑스럽게 바라보고만 있었다. 난 더 이상 그 얼굴을 보고 있을 수가 없어서 밖으로 나와 버렸다. 그날 밤 자리에 누워서 아내가 속삭였다.

"여보, 집에 내려가기 전에, 어디 코스모스 많이 피어 있는 데 들렀다가 갈까?"

"어어, 코스모스?"

"그냥, 그러고 싶네. 꽃 많이 피어 있는 데 가서 꽃도 보고, 당신이랑 걷기도 하고⋯⋯."

아내는 얼마 남지 않은 시간에 이런 걸 해 보고 싶었나 보다. 비싼 걸 먹고, 비싼 걸 입어 보는 대신, 그냥 아이들 얼굴을 보고, 꽃이 피어 있는 길을 나와 함께 걷기도 하고

"당신이 바쁘면 그냥 가고"

"아니야. 그렇게 하자."

그렇게 해서 그 다음날 코스모스가 들판 가득 피어 있는 곳으로 왔다. 아내에게 조금 두꺼운 스웨터를 입히고 천천히 걷기 시작했다.

"여보, 나 당신한테 할 말 있어."

"뭔데?"

"우리 적금, 금년 말에 타는 거 말고, 또 있어. 3년부은 거야. 통장, 싱크대 두 번째 서랍 안에 있어. 그리고 나 생명보험도 들어놨거든. 재작년에 진수가 하나 들라고 해서 들었는데, 잘했지 뭐. 그거 꼭 확인해 보고"

"당신 정말. 왜 이래?"

"그리고 부탁 하나만 할게. 올해 적금 타면 우리 엄마에게 한 이백만 원만 드려. 엄마 이가 안 좋으신데,

틀니 하셔야 되거든. 당신도 알다시피 우리 오빠가 능력이 안 되잖아. 부탁해."

난 그 자리에 주저앉아 목놓아 울고 말았다. 아내가 당황스러워하는 걸 알면서도, 소리 내어 엉엉 울고 말았다.

'이런 아내를 떠나보내고 나 혼자 어떻게 살아가야 한단 말인가!'

그날 저녁 아내와 침대에 나란히 누웠다. 아내가 내 손을 잡았다.

"여보, 30년 전에 당신이 프러포즈하면서 했던 말, 생각나?"

"내가 뭐라 그랬는데?"

"사랑한다 어쩐다 그런 말, 닭살 맞아서 질색이라 그랬잖아?"

"내가 그랬나?"

"그 전에도 그 후로도, 당신이 나보고 사랑한다 그런 적 한 번도 없는데, 그거 알지? 어떨 땐 그런 소리가 한 번씩 듣고 싶기도 하더라."

아내는 금방 잠이 들었다. 그런 아내의 얼굴을 바라보다가, 나도 깜박 잠이 들었다. 이튿날 눈을 뜨니 커튼 사이로 아침햇살이 쏟아져 들어오고 있었다.

"여보! 우리 오늘 장모님 뵈러 갈까?"

"장모님 뵈러 연말까지 미룰 거 없이, 오늘 가서 해 드리자."

"……"

"여보, 내가 가면 장모님이 아주 좋아하실 텐데. 어서 일어나. 여보, 안 일어나면, 나 안 간다! 여보! 여보!"

좋으라하며 일어나야 할 아내가 꿈쩍도 하지 않는다. 난 떨리는 손으로 아내를 흔들었다. 그러나 아내는 꿈쩍도 하지 않았다. 나는 말 없는 아내를 끌어안고 소리 질렀다.

"여보, 나는 어떻게 하라고……. 야, 이 사람아! 나 진짜 당신을 사랑한다. 내가! 사랑한다. 야, 이 사람아!"

품에 안고 흔들며 간절히 말했다.

"나 진짜 당신을 사랑한다. 야, 이 사람아!"

아무리 외쳐도 영영 대답이 없다. 왜 어젯밤에 "사랑한다." 한 마디를 못해 줬을까! 그렇게 듣고 싶어 했던 그 한 마디를 왜 해 주지 못했을까!

아! 이렇게 천추(千秋)에 한이 될 줄이야!

❖ 이 글은 이미 여러 곳에서 앙코르로 널리 읽힌 작품이다, 혹시 못 읽은 분을 위해 여기에 올렸다, 남편들이 새겨들을 사랑의 아픈 이야기다, 남편에게 가장 소중한 사람은 바로 아내다.(인터넷서 펌)

대한민국을 강하고 완벽하게 한 공로자

5.16 혁명의 비사

재미동포 학자 양재윤 박사의 청와대 근무 18년 박정희 대통령에 대한 직필 증언

"박정희 대통령 탄신 107주년 기념행사에 강연하기 위해 가지고 갔던 원고입니다. 못 나오셔서 원고를 보내드립니다."(받은 자 김화창)

라인강의 기적을 한강의 기적으로

제가 오늘 여기 나온 것은 서독대사를 초빙해서 우리 경제개발 초기에 차관을 제공해 주고, 2차대전으로 폐허가 된 독일을 다시 일으켜 부강한 나라로 만든 천금 같은 경험과 지혜를 준 독일정부와 국민들에게 감사를 드리고자 했습니다.

그러나 사정으로 독일대사는 못 나오셨지만 우리나라는 5천년 역사 이래 처음으로 가장 풍요롭고, 국민소득 3만 5천불을 넘는 세계 10대에 들어가는 부강한 나라가 되었습니다. 오늘 박정희 대동령이 탄생한 지 107주년이 되는 성군의 생신을 기념하고 축하하는 날에 하

늘이 내리신 지도자 박정희 대통령은 어떻게 5천년 동안이나 주변 강대국들로부터 억압받고 수탈당해서 세계에서 가장 못살고 있는 가난한 나라를 이렇게 빠르게 부강한 선진국으로 만드셨는지 수많은 어려움을 어떻게 슬기롭게 국민의 의지를 하나로 모아 성공시켰는지 그런 우리나라를 도와준 나라는 또 어떤 나라였는지 그분의 애국 애족의 정신과 타고난 천재적인 지혜와 그리고 영웅적인 지도력을 여러분들과 함께 다시 한 번 기억하는 기회를 갖고자 합니다. 저는 1961년 5.16군사혁명 정부 국가재건최고회의 의장비서실에 행정관으로 보직을 받고 공직생활을 처음 시작해서 18년 동안 그분을 모시고 공직생활을 했습니다.

　당시 최고회의는 혁명주최인 군장교들이 완전무장을 하고 살기가 등등 했습니다. 그 속에 민간인은 나 혼자였고 혁명군 장교들은 국민복을 입은 나를 보는 눈빛은 예사롭지가 않았습니다. 박정희 장군은 어떻게 군사혁명을 일으킬 생각을 했고 목적이 무엇이었는지 혁명과업을 어떻게 성공시켰는지 외부에 알려지지 않은 수많은 어려웠던 일들을 그분을 18년 동안 모시고 공직생활을 했던 제가 옆에서 보고 느꼈던 세상에 잘 알려지지 않은 어려웠던 일들을 다시 기억하면서 오늘 그분에 대한 애국심과 애민정신을 같이 추모하고자 합니다.

5.16 군사혁명의 배경

1961년 5.16군사혁명이 일어나기 전에는 우리나라는 세계에서 2번째로 제일 가난하고 못사는 나라였습니다. 국민들은 먹을 것이 없어 들판에 나가 나물을 캐고 뒷동산에 올라가 소나무껍질을 벗겨다 삶아먹고 그야말로 초근목피로 겨우 보릿고개를 넘겼습니다. 청년들은 일자리가 없어 대학을 나와도 취직할 곳이 없었습니다. 와중에 북한 괴뢰집단은 호시탐탐 무력남침을 획책하고 있을 때 우리는 돈이 없어 적을 막을 수 있는 군장비도 변변치 않았고 나라는 데모천국이 되어 혼란에 빠져 있었고 군인들의 사기는 땅에 떨어져 있었습니다.

군장교들의 정군운동

이를 본 육군사관학교 8기생 엘리트라고 하는 김종필, 김형욱, 오치성, 길재호, 옥창호 등 11명이 대표가 되어 당시 현석호 국방부장관에게 부패한 정군의 계획을 건의하려고 갔다가 면담을 거절당했습니다.

이에 실망을 한 대표 장교들은 평화적인 방법이 아닌 부패한 민주당 정권 자체를 제거하는 거국적인 무력혁명을 하기로 결정한 것이 5.16군사혁명의 기초가 된 것입니다.

혁명거사계획을 4번이나 변경

이들은 혁명위원회를 조직하고 박정희 소장을 주군으로 모셨습니다. 그리고 국내외의 경제, 사회, 문화, 특히 농촌경재문제의 특수성 등에 관한 방대한 자료수집과 민족중흥을 이루기 위한 새로운 정부형태를 준비했습니다. 그리하여 당시 부산군수기지사령관 박정희 소장을 주축으로 민족의 영원한 장래를 위해 1960년 5월 8일 군사혁명을 하기로 거사일을 정했다가 4.19 학생혁명으로 거사가 중지되었습니다.

해병대 단독 거사를 계획

4.19학생혁명으로 거사가 중지된 후에 해병대 내에서도 군 인사에 불만을 가진 해병장교들이 제1여단장 김윤근 준장을 중심으로 해병대창설 기념일인 4월 15일 해병대 단독으로 거사를 하기로 정했습니다.

그러나 박정희 장군의 혁명계획이 진행되고 있음을 안 후 해병대 자체계획은 또 불발이 되었습니다.

5.16 한국 군사혁명

그 후도 박정희 소장은 혁명 거사일을 3번이나 연기한 끝에 드디어 1961년 5월 12일 비장한 결심을 하게됩니다. 비행기를 타고 서울로 올라와 제5사단장 채명신 준장과 혁명동지회 김종필, 김형욱, 오치성, 길재호,

옥창호 등 11명을 만나 거사일을 5월 16일 새벽 3시로 확정을 합니다. 이렇게 군에서 혁명거사일을 4번이나 변경하는 동안 장면 정부나 군수뇌부에는 그 기밀이 많이 알려 있었지만 드디어 올 것이 오는구나 하고 제지할 의지도 힘도 없었고 국가나 국민들은 당연한 일로 군사혁명을 받아들이고 있었습니다.

혁명군은 드디어 5월 16일 새벽 3시에 영등포 문래동에 있는 제6관구사령부에서 출발해서 서울로 한강다리를 건넜습니다.

마침내 혁명군은 피 한 방울 흘리지 않고 무혈로 국가 3권을 장악한 뒤 육군참모총장 장도영을 위원장으로 군사혁명위원회를 조직했습니다. 이것이 혁명정부 국가재건최고회의입니다. 그리고 혁명제1성에서

"우리가 궐기한 것은 부패하고 무능한 현정권과 기성 정치인들에게 더 이상 국가와 민족의 운명을 맡겨둘 수 없다고 단정하고 백척간두에서 방황하는 조국의 위기를 극복하기 위해 궐기한 것이다"

라고 발표를 했습니다. 그리고

"우리는 반공을 국시의 제일로 삼는다. UN 헌장을 준수 한다. 지금까지 사회의 부패와 구악을 일소해서 새로운 기풍을 진작한다. 절망과 기아선상에서 허덕이

는 민생고를 시급히 해결하고 국가경제 재건에 총력을 경주 한다."

이렇게 혁명공약을 발표했습니다. 이와 같이 혁명정부의 야심찬 계획은 도탄에 빠진 국민들에게 하늘같은 희망을 불어 넣게 되었습니다.

국가 3권을 장악하고 혁명에 성공한 국가재건최고회의 의장 박정희 장군은 맨 먼저 기아선상에서 허덕이는 국민을 구하고 경제개발계획의 도움을 청하기 위해서 우리와 가장 가깝다고 생각했던 John F. Kennedy 미국대통령을 만나기 위해 미국을 방문했습니다.

그러나 Kennedy 미국 대통령은 헌정을 중단시키고 군인들이 혁명을 일으켜 정권을 받은 박정희 의장을 좋지 않게 생각하고 있었습니다. 원조로 먹고사는 나라에 무슨 돈을 꿔줄 수 있는가 하고 박정희 의장 일행을 만나주지도 않고 문전박대를 했습니다.

미국대통령도 만나지 못한 박정희 의장 일행은 Hotel에 돌아와 가난한 나라의 설움에 복받쳐 서로 얼싸안고 눈물을 흘리며 돌아왔다고 합니다.

가장 믿었던 미국에 가서 문전박대를 받은 박정희 의장은 가난한 나라의 설움에 목이 메었다. 고심 끝에 우리 민족역사에 처음으로 서독 라인강의 기적을 일으켜 신흥강대국으로 부상하고 있는 서독을 생각하게 됩니다.

우리처럼 분단국가의 아픔과 패전의 상처를 딛고 당당하게 일어나 라인강의 기적을 이룬 서독을 보면서 같은 입장에 있는 우리의 사정을 호소해 보기로 마음을 먹습니다. 그리고 우리도 전쟁의 잿더미에서 서독처럼 한강의 기적을 이뤄 보자라는 각오를 하게 됩니다. 혁명정부는 61년 11월 말 정래혁 상공부장관을 주축으로 차관 교섭단을 구성해서 서독으로 보내기로 결정을 합니다. 그런데 당시 독일어 통역을 할 사람이 없었습니다. 알아본 결과 이승만 대통령 시절 국비유학생으로 서독 뉘른베르크 에를랑켄대학에서 경제학박사 학위를 받고 중앙대학교 교수로 재직하고 있는 백영훈 박사와 연락이 되어 사절단의 통역관으로 합류하게 되었습니다.

사절단이 서독에 도착은 했으나 듣도 보도 못한 가난한 나라에서 차관교섭단이 왔다고 누구도 만나주려고 하지 않았다고 합니다. 이를 옆에서 본 백영훈 박사는 루트비히 에르하르트 (2년 후에 서독 총리가 됨)재무장관과 같은 대학을 나온 자신의 대학은사를 찾아가서 장관을 좀 만나게 해달라고 눈물로 호소를 했다고 합니다.

그래서 61년 12월 11일 우리 사절단은 마침내 루트 거베스트리크 재무차관을 만나게 되었고, 그 다음날 에르하르트 재무장관을 만나서 마침내 1억 5천만 마르크 (약 3,000만 Dollars) 상업차관을 얻는데 합의를 했습니다. 사절단은 서로 얼싸안고 눈물을 흘렸습니다. 그런데 또 문제가 생겼습니다. 은행의 지급보증이 있어야 하는데 국가신인도가 없는 나라에 지급보증을 해주겠다고 하는 나라는 세계에 어디도 없었습니다.

기적적으로 성공한 차관협상이 물거품이 될 상황에 처하게 된 것입니다.

독일에 광부, 간호사 인력진출

못사는 나라의 찢어지는 가슴을 안고 있을 때 백영훈 박사에게 구세주 같은 독일 친구가 찾아왔습니다.

대학에서 같이 공부했던 노동부 과장으로 재직하고 있는 슈미트 라는 독일 친구였습니다. 찾아와서 하는 말이 "너희 나라는 길거리에 실업자가 널려 있다고 하던데 지금 서독은 탄광에서 일할 광부가 모자란다. 지하 1,000m를 파고 내려가야 하는데 지열이 뜨거워서 파키스탄 터키 노동자들이 다 도망을 가버렸다. 혹시 한국에서 광부 약 5,000명 정도, 간호조무사 약 2,000

명 정도를 보내줄 수 있다면 이 사람들 급여를 담보로 하고 돈을 빌릴 수 있다"고 했다.

이 말을 들은 백영훈 박사는 신응균 당시 주서독 한국대사를 찾아가 이야기를 했고 대사는 즉시 한국정부에 전문을 띄웠습니다. 그리고 정부는 바로 모집공고를 냈습니다.

그래서 1차 광부 500명 모집에 2,894명이 몰려와서 6대 1의 경쟁률이 되었는데 선발자격이 2년 이상 경력자였지만 실은 30%가 대학졸업자였다고 합니다. 이들은 연금 저축 생활비를 제외한 월급을 고스란히 고국 가족에게 송금을 했습니다.

이들이 한국에 송금한 돈은 연간 5,000만 Dollars로 그때 우리나라 국민총생산의 2%에 달한 큰돈입니다. 이렇게 해서 1977년까지 독일로 간 광부는 7,932명이고, 간호사는 1만 226명으로 집계 되었습니다.

독일에 취업한 광부, 간호사월급을 담보

이렇게 이들의 급여는 모두 독일 코메르크방크를 통해서 한국에 송금되었으며 코메르크방크가 지급보증을 서서 우리 민족 역사 이래 처음으로 외국차관이 들어오게 되었고, 이 돈이 오늘의 경제, 한강의 기적을 이루는데 종자돈이 된 것입니다. 이후에 박정희 대통령은 서독에 국빈방문 초청을 받게 됩니다.

박정희 대통령 서독 국빈방문

서독정부는 처음으로 한국에서 광부를 보내주고 간호사를 보낸 한국에 고마움을 표시하는 마음으로 한국 대통령을 국빈방문으로 초청을 하게 됩니다.

그러나 가난한 나라의 서러움은 다시 계속됩니다. 그 당시 우리나라는 대통령 전용기는 고사하고 비행기도 없었습니다. 할 수 없이 미국 North West 항공기를 1대 전세 계약을 했습니다. 그런데 며칠 후 미국으로부터 항공기를 빌려줄 수 없다는 연락이 온 것입니다. 그 이유는 원조로 먹고사는 가난한 나라에 비행기를 빌려줄 수 없다는 것입니다. 이 얼마나 비참한 일입니까? 그래서 처음 외국초청을 받은 우리 대통령의 서독방문이 허사가 될 형편이었습니다.

그래서 정부는 서독에 특사를 보내 우리나라는 비행기가 없으니 서독에서 비행기를 좀 보내줄 수 없겠는지 부탁을 한 것입니다. 고맙게도 독일정부는 그때 독일에서 홍콩을 거쳐 일본을 왕래하는 루프트항공 일반 여객기를 서울에 일부러 들려서 우리 대통령 일행을 태우고 오도록 조치를 해주었습니다.

그래서 이 비행기는 홍콩, 방콕, 뉴델리, 카라치, 로

마를 거쳐서 28시간만에 1964년 12월 7일 서독 쾰른 공항에 도착했고, 뤼브케 대통령과 에르하르트 총리의 영접을 받았습니다.

필자가 보기에는 말이 국빈방문이지 대통령 숙소는 10평도 안 되고 수행원들은 아침에 샤워를 하면 샤워값을 별도로 내면서 여관방 같은 곳에서 잠을 잤습니다. 연도에 걸린 태극기도 불과 20여 개밖에 안 걸렸었고, 말로만 듣던 독일의 근검한 정신을 새삼 나는 느끼게 되었습니다.

차관교섭은 급속도로 진행되어 1억 5천만 마르크를 빌리기로 내부 합의를 했는데 절차상 국제은행의 지급보증이 있어야 했습니다. 그러나 신용도가 없는 우리나라에 지급보증을 서 준다는 나라는 지구상에 아무도 없었습니다.

독일정부는 궁여지책이지만 독일에 와 있는 광부와 간호사가 받는 월급을 1개월간 은행에 예치하는 조건으로 당초 한국이 요구한 금액보다도 많은 3억 마르크를 차관하기로 결정을 했습니다. 당시 서독에 취업한 우리 광부 간호사들이 본국에 송금한 총액은 연간 약 5천만 달러였습니다. 여기 교포들 중에 서독광부로 간호사로 다녀오신 분들 중에는 그때 제 얼굴을 지금도 기억하고 계신 분도 계십니다.

이분들이 서독에 가서 고생한 덕택으로 얻은 차관이 종자돈이 되어서 가난했던 우리나라 경제를 재건하게 된 기초가 된 것입니다. 우리 다시 한 번 이분들의 노고에 박수를 보냅시다.

광부와 간호사를 위로하기 위해 함부론 탄광회사 방문

그리고 12월 10일 우리나라 광부와 간호사들을 위로하고 격려하기 위해서 박정희 대통령 일행은 독일 함브론 탄광회사를 방문했습니다. 우리 대통령이 온다는 소식을 들은 광부와 간호사 250여 명은 양복과 한복을 깔끔히 차려입고 뒤스부르크 교외의 타운홀을 가득 메웠습니다. 박정희 대통령이 단상에 올라 애국가 반주가 울려 퍼지자 '대한사람 대한으로 길이 보전하세'란 마지막 대목에서 여기저기서 흐느끼기 시작했고, 대통령도 옆에 있던 육영수 여사도 손수건을 꺼내 눈물을 훔치고 있었습니다.

지하 1,000m까지 파고 들어가 뜨거운 지열을 받아 얼굴이 새까맣게 탄 우리 형제들, 그리고 이국만리 타국 변두리 시골병원에서 덩치가 큰 시신들을 알콜이 묻은 가제로 시신을 이리저리 뒹굴리며 닦고 있는 어린 간호사 우리 딸들의 얼굴을 본 박정희 대통령은 벅차

오르는 가난의 설움에 미리 써가지고 온 연설문은 꺼내지도 못하고 눈물이 앞을 가렸습니다.

열심히 합시다.

우리 후세들을 위해서도 열심히 합시다.

나도 열심히 하겠습니다.

우리도 서독의 라인강 기적처럼 한강의 기적을 만들어 냅시다.

우리 대통령은 눈물을 훔치며 이렇게 외쳤습니다. 광부와 간호사들은 서독 루브케 대통령 만세를 부르며 우리 대통령을 도와주십시오. 우리 열심히 하겠습니다. 무슨 일이든지 하겠습니다.

이렇게 광부 간호사 육영수 여사 대통령이 한데 엉켜서 얼싸안고 울었습니다.

옆에 있는 서독 루브케 대통령은 자기 손수건을 꺼내서 우리 대통령 눈물을 닦아주셨습니다. 세계 역사에 일국의 대통령이 외국에 나가서 동포들을 얼싸안고 이렇게 울었던 이야기는 저는 들어본 적이 없습니다.

대통령 영부인 옷자락을 붙들고 우리 대통령 아버지 어머니를 부르며 울며 놓아주지 않는 광부 간호사를 겨우 떨치고, 차에 올라 호텔로 가는 중에 대통령은 눈물을 멈추지 못했고 옆에서 루프케 서독 대통령은 손수건

으로 계속 우리 대통령 눈물을 닦아 주시면서

"이제 그만 우세요. 각하 제가 도와 드리겠습니다. 우리 독일 국민들이 도와 드리겠습니다."

이렇게 위로를 해주셨습니다. 당시 박정희 대통령을 가장 가까운 곳에서 지켜본 필자는 가난한 조국을 후대에게 물려주지 않겠다는 집념으로 가득했던 젊은 박정희 대통령을 지금도 생생하게 기억합니다.

박정희 대통령은 1964년 12월 8일 에르하르트 서독 총리와 회담을 했습니다. 박정희 대통령의 혁명정신과 나라를 재건하려는 절절한 애국심에 감명을 받은 에르하르트 총리는 서독의 경제를 부흥시킨 경험을 토대로 몇 가지 조언을 하게 됩니다.

"내가 경제장관을 할 때 한국을 두 번 다녀온 일이 있습니다. 한국은 산이 많던데 산이 많으면 경제발전이 어렵습니다. 고속도로를 깔아야 합니다. 독일은 히틀러가 아우토반 고속도로를 깔았습니다. 다음엔 자동차가 다녀야 합니다. 그래서 국민차 폭스바겐도 히틀러 때 만들었습니다. 그리고 자동차를 만들려면 철판이 있어야 하는데 제철공장도 만들어야 합니다. 그리고 연료도 필요하니까 정유공장도 있어야 합니다. 경제가 안정되려면 중산층이 탄탄해야 하는데 그러려면 중소기업을

육성해야 합니다. 우리가 돕겠습니다. 경제고문을 보내주겠습니다. 그리고 일본과도 손을 잡아야 합니다. 우리도 프랑스와 16번이나 전쟁을 했습니다. 독일 사람들은 지금도 프랑스에 한이 맺혀 있습니다. 그렇지만 2차 세계 대전이 끝난 후 우리 콘라트 아데나워 총리가 프랑스 드골 대통령을 찾아가 악수를 청했습니다. 한국도 그렇게 했으면 좋겠습니다. 지도자는 미래를 볼 줄 알아야 합니다."

이렇게 오늘날 한강의 기적을 이루게 한 황금 같은 지혜와 경험을 우리 대통령한테 이야기하면서 당초 우리가 요구했던 금액보다 더 많은 3억 마르크 차관을 조건 없이 제공하겠다는 약속을 했습니다. 이 얼마나 고마운 일입니까?

우리 국민은 이 고마움을 앞으로도 절대로 잊어서는 안 될 것입니다. 그리고 다음날 박정희 대통령은 아우토반 고속도로를 캐딜락을 타고 160킬로 속도로 달렸습니다. 미끄러지듯 달리는 차를 타고 가다가 2번이나 중간에서 차를 세우고 내려서 무릎을 꿇고 얼굴을 땅에 대고 비볐습니다. 장기영 부총리를 비롯한 우리 일행들도 울면서 이를 지켜보았습니다. 차창 밖으로 스쳐지나가는 독일 농촌은 한 폭의 그림같이 아름다웠습니다.

너무도 잘 정돈된 정원도시였습니다. 띄엄띄엄 보이는 농가는 마치 별장처럼 아름다웠습니다. 대통령은 이것을 보고 "바로 이것이다" 하고 무릎을 쳤습니다.

"도시와 농촌의 격차를 줄이기 위해서는 우리도 이렇게 농촌을 가꿔야 한다"고 결심을 하게 됩니다. 이렇게 우리 박정희 대통령은 서독에서 에르하르트 총리의 경험담과 충고로 경부고속도로를 깔고, 포항제철공장을 짓고 정유공장을 짓고, 원수로만 여기던 일본과 국교를 정상화해서 대일청구권자금을 받아내고, 새마을 운동을 시작해서 농촌을 근대화시켰습니다.

독일은 이렇게 우리나라 역사 이래 처음으로 돈을 꾸어준 나라이며 라인강의 기적을 이뤄서 부강한 나라를 만든 에르하르트 총리의 충고를 받아서 종자돈도 없고 기술도 없던 우리나라가 한강의 기적을 일으켜서 지금은 세계 10대 경제대국으로 성장 발달하게 된 것입니다.

필자는 박정희 대통령 서독방문 수행을 마치고 청와대에 돌아와서, 필자가 보고 느낀 기적 같은 일들을 잊을 수가 없었습니다. 그래서 기행문을 썼습니다.

그리고 이 기행문을 국회에 보내어 실었습니다. 당시 국회의원들이 이기행문을 읽고 눈물을 흘린 의원들이 많았다는 이야기를 들었습니다.

결코 우리는 독일정부와 국민들의 고마움을 잊어서는 안 될 것입니다. 가난에 찌든 우리나라를 선진국으로 끌어올려 부강한 나라를 만드신 위대한 지도자 박정희 대통령 탄신일을 맞이해서 다시 한 번 그분의 업적과 애국정신을 가슴으로 추모하는 바입니다.

감사 합니다.

2024. 11. 16
민족중흥회
양재윤(Ph.D. in LA)

도산 안창호 (2)

최용학

한학을 배우다가 서당 선배로부터 신학문에 눈을 뜨고, 조국의 앞날을 염려하던 중 청일전쟁(淸日戰爭)이 눈앞에서 벌어지고 있음을 보고 깨달은 바 있어 1895년 상경, 구세학당(救世學堂)에 들어가 그리스도교도가 되었다.

1897년 독립협회(獨立協會)에 가입하고 평양에 지부를 설치하기 위한 만민공동회(萬民共同會)를 쾌재정(快哉亭)에서 개최하여 약관의 몸으로 많은 청중에게 감동을 안겨 준 연설을 하였다. 훗날 종교가이며 교육자로서 민족의 지도자가 된 이승훈(李昇薰·1864년생)은 이 연설에 감명을 받고 독립운동의 의지를 굳혔다고 술회할 정도였다.

1899년 고향 강서에 한국 최초로 남녀공학의 점진학교(漸進學校)를 세우는 한편 황무지 개척 사업을 벌였고, 앞으로 큰일을 하기 위해서는 새로운 학문을 더욱 받아들일 필요가 있음을 절감하고 1902년 미국으로 건너갔다.

샌프란시스코에서 노동을 하면서 초등 과정부터 다

시 공부를 시작, 교포들의 권익보호와 생활향상을 위해 한인공동협회(韓人共同協會)를 만들어 「공립신보(共立新報)」를 발간하였다.

그 후 을사늑약이 체결되었다는 소식을 듣고 1906년 귀국, 1907년 이갑(李甲)·양기탁(梁起鐸)·신채호(申采浩) 등과 함께 항일비밀결사 신민회(新民會)를 조직, 「대한매일신보(大韓每日新報)」를 기관지로 하여 활동을 시작하였다. 대구에 태극서관(太極書館)을 세워 출판사업을 벌이고 평양에 도자기회사를 설립하여 민족 산업육성에 힘쓰는 한편 평양에 대성학교(大成學校)를 설립하고 청년학우회(靑年學友會)를 조직하여 민족의 지도자 양성에 힘쓰는 등 다방면의 활동을 전개하였다.

1910년에는 신민회 간부들과 함께 개성헌병대에서 3개월간 곤욕을 치르기도 하였는데 이는 1909년에 있었던 안중근(安重根)의 이토 히로부미(伊藤博文) 암살사건에 관련되었다는 혐의 때문이었다. 그 후 시베리아를 거쳐 1911년 미국으로 망명하였다.

'105인사건'으로 신민회·청년학우회가 해체되자 1913년 흥사단(興士團)을 조직하였다. 3·1운동 직후 상하이(上海)로 가서 임시정부 조직에 참가하여 내무총장·국무총리대리·노동총장 등을 역임하며 「독립신문(獨立新聞)」을 창간하였다. 1921년 임시정부가 내부분열을 일으키자 이를 수습하지 못한 책임을 지고 물러났고

1923년 상하이에서 열린 국민대표회의(國民代表會議)가 성과를 거두지 못하자 1924년 미국으로 건너가 흥사단 조직을 강화하였다.

1926년 다시 상하이로 가서 흩어진 독립운동단체의 통합을 위해 진력하였으며 독립운동기지를 마련하기 위하여 이상촌(理想村) 건설에 뜻을 두고 이를 추진하였으나 일제가 중국침략을 본격화하면서 실패하고, 1932년 윤봉길(尹奉吉)의 홍구공원(虹口公園) 폭탄 사건으로 일본경찰에 체포되어 본국으로 송환되었다. 2년 6개월을 복역한 뒤 가출옥하여 휴양 중 동우회(同友會)사건으로 재투옥되고, 1938년 병으로 보석되어 휴양 중 사망하였다.

그의 기본사상은 '민족개조론(民族改造論)'을 기본으로 하고 있으며, 자주독립을 이룩하려면 넓은 의미의 교육, 즉 국민운동을 통해서만 가능하다고 믿고 있었다. 무실역행(務實力行)을 근간으로 하는 그의 흥사단 정신은 오늘날에도 민중들에게 큰 영향을 주고 있다.

1962년 건국훈장 대한민국장이 추서되었다. 2002년 미국 로스앤젤레스 프리웨이에 '도산 안창호 메모리얼 인터체인지', 2004년 로스앤젤레스에 '안창호 우체국'이 생겼으며 2012년 1월 애틀랜타에 있는 마틴 루터 킹 센터 내 명예의 전당에 아시아인 최초로 헌액되었다.

해외 활동

안창호는 본인이 직접 발행한 저서나 문집은 없는 것으로 알려져 있고, 시나 일반적인 글은 그가 남긴 메모 등을 수집한 것이 전부다. 안창호는 연설을 잘했기 때문에 연설문이 수록되어 남아 있다.

실제 안창호 이름으로 된 글은 거의가 연설이나 구술의 형태로 되어 있는데 안창호는 고등교육을 받지 않았기 때문에 친필로 글을 남기지는 않았지만 근대 교육을 이수하여 근대적인 학문적 소양을 가지고 있었다.

한말과 일제 강점기에 국내외에서 발간된 신문 잡지와 독립기념관에 수장된 도산문서 40여 종의 자료를 찾을 수 있었다고 한다. 그렇지만 앞으로 추가될 자료가 많을 것으로 생각된다. 특히 중국 신문이나 중국에서 한국인이 발행한 잡지, 중국에서 나올 자료 등이 많이 보충될 것이다.

안창호의 '자필 이력서(1-1)는 1913년에 작성된 것으로 흥사단 입회원에 보존된 것이 있다. 흥사단은 1913년 안창호의 구상으로 미국에서 설립된 수양단체로, 안창호의 사상과 활동을 이해하는데 중요한 자료가 된다. 그의 이력서에는 출생일과 출생지, 거주지와 직업 및 학예·소유·종교·소속단체·가족 등이 기재되어 있다.

이력서를 통하여 안창호의 기독교 입교 시기, 가족

상황 등을 확인할 수 있다. 안창호가 타인의 저서에 써준 서문으로 신채호(申采浩)의 을지문덕(乙支文德 1908.1~2)과 김병조(金秉祚)의 한국독립운동사략 (1920.1-7)이 있다. 독립 운동 구상안과 함께 흥사단의 조직도 준비되었을 것으로 보인다. 그것은 초안의 기초사항에 단결의 구체적인 내용으로 무실역행(務實力行)·충의신애(忠義信愛)·인내용감(忍耐勇敢)을 들고 있는 것으로 미루어, 흥사단을 독립운동의 가장 기초적인 준비로 이해하였다고 볼 수 있다. 전체적으로 독립을 하기 위해서는 모든 부분에서 만반의 준비가 이루어져야 한다고 생각했던 것 같다.

안창호는 미주에서 대한국민회의 중앙총회장과 흥사단의 지도자로 활약하다가 1919년 3·1운동 때 상해로 옮겨가 상해임시정부를 주도하였고 통합 임시정부의 수립에 진력하였다.

1920년 창간 「신한청년(新韓靑年)」과 「진단(震壇)」에 창간축사를 쓰기도 했다. 특히 국외에서 독립운동을 전개하는데 있어 무엇보다도 중요한 일은 선전활동이었다. 중국인에게 한국독립의 당위성을 인식시키고, 반일전선의 한중협조가 절대적으로 필요하였으므로 신한청년과 진단은 그 점에서 독립운동 세력의 기관지에 그치는 것이 아니었기에 안창호는 그런 측면에서 각 잡지의 창간에 축하 글을 썼을 것이다.

1925년 안창호와 이동휘 등 국외 독립 운동 지도자들이 국내 동포에게 보내는 서한 형식의 글을 동아일보에 게재하기도 했다. 안창호가 국내 동포에게 보낸 글은 4회에 걸쳐 연재되었는데, 4회분은 일제의 검열로 삭제되었고 연재가 중단된 뒤, 1926년 5월에 창간된 국내 흥사단 기관지인 「동광(東光)」에 후속 부분을 연재하였다.

글을 직접 쓰지 못하기 때문에 북경에서 안창호가 구술을 하면 이광수(李光洙)가 받아 윤문한 것으로 알려졌다. 동아일보에 연재된 내용은 (1) 우리는 비관적인가 낙관적인가? (2) 우리 민족사회에 대하여 불평하는가? 측은히 여기는가? (3) 우리가 주인 의식을 가지고 있는가? 나그네 인식을 가지고 있는가? 하는 애국심을 불러일으키는 내용이었다. (다음호 계속)

최용학

1937. 11. 28, 中國 上海 출생(父:조선군 특무대 마지막 장교 최대현), 1945년 上海 第6國民學校 1학년 中退, 上海인성학교 2학년 중퇴, 서울 협성국민학교 2학년중퇴, 서울 봉래초등학교 4년 중퇴, 서울 東北高等學校, 韓國外國語大學校, 延世大學校 教育大學院, 마닐라 데라살 그레고리오 아라네타대학교 卒業(教育學博士), 평택대학교대학원장역임, 현) 韓民會 會長

나의 목자 / 박목월

시 감상 **박종구**

영혼의 다락방에서
내가 은밀히 기도하려 할 때
나와 더불어 기도해 주실 분은
그 분뿐이다.
내가 믿음에서
실족하였을 때.
오른팔을 잡아주실 분도
그분뿐이다.
물로써
세례를 주시고
나를 거듭나게 하실 분도
그 분뿐이다.
주의 이름으로
그 분의 음성을 통하여
진리의 빛을 보게 하고
주의 발자취를 더듬어
함께 동행하는

그 분의 지팡이가
때로는 번개가 되어
나를 깨우치고
때로는 그 분의 기도가
필사에 울리는 음성이 되어
녹슨 마음의
문을 열게 한다.
주께서 기름 부어 세우신
나의 목자.
그 분의
말씀의 밧줄을 잡고
위태로운 벼랑길을
건너간다.
진실로 그 분의 신앙이
나의 믿음의 바탕이 되고
거룩한 성전에서
주일날의
안식과 광명을 얻게 된다.

3천여 년 전의 시민 다윗은 여호와 하나님을 목자라
고 고백했다.

시인 자신은 한 마리 철없는 양, 험한 죽음의 계곡을 다닐 수밖에 없는 연약한 존재로 고백했다. 그런 양을 치시는 목자 여호와는, 선하시고 인자하시며, 전능하시고 넉넉하셔서, 양 떼를 푸른 초장으로, 쉴 만한 물가로 인도하시며, 막대기와 지팡이로 사망의 계곡일지라도 늘 보호하시며 지켜 주신다고 고백했다. 원수의 목전에서도 머리에 기름을 부어 주시고 잔이 넘치게 하신다고 노래했다.

시인 박목월(朴木月)은 그 다윗의 후예로 온 한 목자를 노래하고 있다. 선지자 에스겔이 예언한 목자(에스겔 34장), 곧 사도 요한이 기록한 목자(요한복음 10장), 그 선한 목자를, 그러나 시인이 정작 고백하는 것은 오늘의 목자다.

다윗의 목자, 그 밑그림에 선한 목자 그리스도가 오버랩되고, 다시 오늘의 목자를 등장시킨다. 그래서 시인의 고백은 원초적이고, 초월적이며, 통전적이다.

이 시는 박목월이 작고하기 두 해 전 1976년 본지 창간호에 실린 시로 그의 신앙시의 진수를 보여주는 명시다. 시집, 『크고 부드러운 손』에 게재된 개안(開眼)에서는 이렇게 노래하고 있다.

세상은 너무나 아름답고 / 충만하고 풍부하다. / 신이 지으신 있는 그것을 그대로 볼 수 있는 / 지복 (至福)한 눈 / 이제 내가 / 무엇을 노래하랴. / 신의 옆자리로 살며시 / 다가가 아름답습니다. / 감사할 뿐 / 신이 빚은 술잔에 / 축배의 술을 따를 뿐.

자연과 인간탐구를 통해서 사물 인식의 깊은 성찰을 노래했던 그의 작업은 말년에 이르러 전능자의 손길에 순응하는 신앙고백으로 승화된다.

청록파의 시인 그는 갔다. 그러나 그의 시정신은 살아 있다. 그의 가락 그의 호흡은 '강나루 건너서 밀밭 길을 구름에 달 가듯이 가는 나그네'로 '내가 여호와의 집에 영원히 거하리로다'라고 고백한 다윗과 조우되어 오늘도 암사슴의 발을 씻는다.

박종구

경향신문 동화 「현대시학」 시 등단,
시집 「그는」 외,
칼럼 「우리는 무엇을 보는가」 외
한국기독교문화예술대상, 한국목양문학대상,
월간목회 발행인

줌 **한국문학신문**
http://korea-news.kr

오늘 우리 가상도

조성국

뒷 강물 逆鱗水를 미처 알지 못했구나!
배를 빌려 건너갈 줄 눈을 뜨지 못했구나!
덧없이 뛰어든 그 물살에 헤어날 길 어디에

나라꽃 심어 놓고 물 안 주면 어이 살아
물바가지 들었다고 거드름 피울일 아냐
하늘이 비를 내리면 부끄러운 손이 되리

코리아란 문패 달기 70년이 걸렸는데
내 그룹 앞세우다 가라앉는 코리아호
잠드신 호국영령들이 일어서는 현충원

안중근을 생각나니 이봉창을 생각나니
나룻배 한용운과 광야의 그 초인을
너와 나 가슴 가슴마다 다시 새길 우리여라.

시조생활 33호로 등단(1997)
한국 크리스찬 문학 수필 등단
한국 문인 협회원, 한국 시조시인협회 회원,
세계전통 시인협회 한국 본부 회원,
서울시 관악 문인 협회 명예 회장,
한국문예작가회 상임고문 심호
서울시 문학상 및 시천 시조 문학상 외
저서 : 해바라기 사랑, 가을날의 기도 외
자서전 : 그냥 갈 수 없어서

조성국 | 시인

새해 아침

김소엽

성난 동해바다 위로
2025년도 태양은 힘차게 솟아올랐다

무안의 신원불명 가마귀 한 마리가
179명 목숨을 무참히 앗아가고
초상집 위로도 달이 떴다

해와 달이 보고 있다
왜 잠만 자느냐
깨어 일어나라
대한민국이여!

김소엽

이대문리대영문과 및 연세대 대학원 졸업, 명예문학박사
'한국문학'에 「밤」,「방황」등 서정주 박재삼심사로 등단
현) 호서대교수 은퇴후 대전대석좌교수 재임 중
시집 「그대는 별로 뜨고」,「지금 우리는 사랑에 서툴지만」,
「마음속에 뜬 별」,「하나님의 편지」,「사막에서 길을 찾네」,「
그대는 나의 가장 소중한 별」,「별을 찾아서」,「풀잎의 노래」등 15권
* 윤동주문학상 본상, 46회 한국문학상,국제PEN문학상, 제 7회 이화문
학상, 대한민국신사임당 상등 수상

그대에게

김복희

어쩌다 그대와 나 한강만큼 멀어져서
잊은 듯 모르는 채 나날을 견디면서
동산에 달뜨는 날만 기다리고 섰는가.

구태여 이렇게까지 금 긋지 않고서도
거기에 그대 있고 나 여기 이대로 있어
세월은 말없이 그렇게 우리 사이를 흐르는데.

김복희

「문학세계」 등단, 수필집 『상밋빛 인생』, 시집 『섬돌을 밟고 서면』, 『사랑하며 살아가며』 한국문인협회 회원, 한국수필문학회, 영주문인협회 수필분과위원장, 한국크리스천문학상, 소백코리아 대표

마음 15

남춘길

날개 잃은 새처럼
막막했던 시간들

배고픔에 지쳐 있던
커다란 눈망울로
달빛에 빠져버린 별들을
하나씩 건져 먹었다

단단하고 옹골차게
튀어 오르고 싶었던
빛의 숨소리를 찾아서!

남춘길

「문학나무」 등단, 수필집 『어머니 그림자』, 시집 『그
리움 너머에는』, 범하문학상 수상, 정신여중고 총동
창회장 역임, 한국문협 회원, 서울시 청소년 선도위
원, 순국선열 김마리아 기념사업회 이사, 남포교회
권사

양초

손수여

어두운 곳을 밝히는

한 몸 기꺼이 살라

그늘진 세상을 환하게

온몸으로 뽑아 올린

눈물의 찬연한 불꽃

남을 위해 바치고도

자취조차 남기지 않는

성스러운 서 해탈.

손수여

문학박사. 「시세계」, 「한국시학」,시, 「월간문학」,문학평론 등단
시집 『성스러운 해탈』,『숨결, 그 자취를 찾아서』 등8권
평론 「매헌 윤봉길의 문학사적 위상 조명」 등 다수
학술서 『국어어휘론 연구방법』,『우리말 연구(공저)』등9
종 국제펜한국본부 대구지회장. 제10회 세계한글작가
대회 조직위원.

아름다운 시화

서금자

내 화가 친구는 세상을 그린다고 한다
시를 쓰는 나는 세상을 읽는다고 했다
그는 빛을 찾아다니고
나는 그늘을 찾아다니고
빛과 그늘이
하나의 지면을 채울 수 있다면
양지와 음지가
함께 웃을 수 있다면
세상은 참 멋진 시화가 되겠다
시화 제목은
'아름다운 대한민국'

지우 서금자

「수필시대」수필, 「한국문인」 시 등단
문집 『아침을 열며』
시집 『숨결, 바람꽃으로 피다』, 『나팔꽃 고집』, 『청학
동 어머니별』 외
울산문학 올해의 작품상, 울산남구문학상, 영남문학
상, 인학문학상(수필부문) 대상 외

동백꽃

김순희

동백나무 아래
낙화한

핏빛 동백꽃이 말합니다

서러워 마세요
꽃 졌다고
마음마저 떠나는 게 아닙니다

여전한 붉은 심장
당신 향한 사랑인 것을

김순희

「문학마을」 등단, 시집 『우리 마주보고 웃자』 외 다수,
이화여대 졸. 국제펜한국본부 회원, 한국문인협회 회원,
영랑문학상 본상 수상

외딴 산

배정향

그 남자 한손에 짐을 들고
한 손엔 새의 날개를 들고
산 속으로 들어갔네.
포클레인도 다이너마이트도 없이
굴속을 파고 있네.
산은 돌산 드높고 두꺼운데
그 남자 혼자서 돌산을 파고 있네.
돌산 위로는 만년설
눈 멀 듯 눈부신 외로움
날지 못하는 새들은 되돌아갔네.
그 남자 돌 깨는 소리만
그 산의 키를 조금씩 높이네.
더 멀리 더 작게
하늘 가까이 가네.

배정향

이화여대 졸업
「문학예술」로 등단
「지구문학」 수필 등단
대구문학가협회 회원

흙

배영화

겨우내 얼었던 나
찬물에 뒤집기 수차례
그 무엇이 되기 위해
견뎌내고 있습니다

장인의 발꿈치에 수없이 밟히고
도공의 손에 두들겨 맞아
거무죽죽하던 내 이미지가
때깔 날 때까지
죽고 살아나기를 수십 번

너에게 환하게 다가가
아침 햇살 한 줌에 감격할 날을 기다리며
오늘도 죽은 듯 세월을 견뎌내고 있습니다

배영화

경북 영덕 출생, 허덕만 선생 문하에 옹기 입문
계간 「문예운동」 등단, 울산 문인협회 회원, 문수필
담 회원, 현대 작가회 회원
울산 시민문학상 수상
독립 옹기공방운영, 울산광역시 무형문화제로 지정
(옹기장)

빗장을 열다

이정순

달그락 달그락
대문 틈새 손가락 디밀어
빗장을 열다
내 마음 열리는 소리 들리다

화초들 반 뼘이나 자라 있고
분합문에 갇힌 휑한 대청마루
고운 먼지로 허허롭다
마실 떠난 어머니
오늘도 소식 감감한데

그득한 장독대
주인 손길 기다림에 지친 몰골
그제 내린 빗물인지 눈물인지
점점이 얼룩 흔적들
밀려드는 설움

눈 설레 마주한 날
자드락 비 몰아친 날
햇빛 쨍쨍한 날
분주하던 어머니
투명한 그리움

한바탕 쓸고 닦고
어머니 마중하고픈 오늘

이정순

서울 출생
월간 「시사문단」 시 등단
한국시사문단작가협회 회원, 한국예술인복지재단
예술인작가, 북한강문학제 추진위원, 반여백동인
『봄의 손짓』공저(그림과 책) 「문학의 집 서울」제
6회 수필공모 장려상, 제17회 풀잎학상 수상

거꾸로 가는 세상

이건숙

외동아들이 결혼하여 며느리와 처음 맞는 설이다. 직장에 다니는 며느리는 섣달 그믐밤 자정이 되어서야 아들과 함께 왔다.

살림을 나서 살고 있어 며느리가 손님처럼 어려웠다. 아무리 세상이 변했어도 며느리는 며느리고 시어머니는 시어머니가 아닌가. 딸이 없는 미순은 며느리와 함께 음식을 오순도순 차릴 걸 기대했던 터라 내심 무척 섭섭했다. 일부러 민어 전을 떠왔고 녹두 기피를 내고 소고기도 갈아놓고 숙주나물도 삶아서 꼭 짜놓고 기다렸었다.

도라지, 시금치, 고사리 삼색나물 준비도 다 해놓았다. 만두 속도 준비하고 빚지를 아니했다. 며느리가 오면 함께 만들 참이었다. 현관문을 들어서자마자 아들 내외는 머리만 끄덕 인사하고 피곤하다고 서둘러 침실로 직행했다.

아침에 9시가 넘어도 아들 부부는 조용하다.

"설날 아침인데 애들을 깨워야겠어요"

미순이 통통거리면서 아들 내외가 자고 있는 방문을

빼꼼 열어보니 둘이 꼭 껴안고 단잠에 빠져있다. 남편이 조용히 하라고 손짓 발짓 해가며 미순을 잡아끌었다.

어쩔 수 없이 둘이 떡국과 녹두부침, 삼색나물과 생선전을 놓고 껄끄러운 입맛을 다시며 아침을 먹었다. 시계를 보니 11시. 아직도 아들 부부는 조용하다. 연신 시계를 올려다보는 아내가 안쓰러웠는지 남편은 드라이브나 하자고 어이 외출복 입으라고 성화했다.

한강을 따라 뚫린 길을 달려 양평까지 왔다. 통일로도 달려보고 시계를 보니 한 시가 넘어간다. 마침 꼬막집이 문을 열어 점심을 먹자며 남편은 차를 세웠다. 설날이건만 음식점은 만원이다.

모두 손자들과 자식들이 함께 나들이를 나와서 북적거렸다. 간신히 자리를 잡아 앉으면서 미순은 핸드백에서 스마트 폰을 꺼냈다.

"걸지 말라니까."

남편이 미순의 손에서 전화기를 빼앗으려고 손을 휘젓는 걸 피하면서 아들의 핸드폰 번호를 눌렀다. 신호가 꽤 여러 번 가서야 전화를 받는다. 아들이 아니라 며느리였다.

"아하! 어머니세요. 지금 막 밥 먹었어요."

점심을 먹었다는 것인가. 아니면 아침을 먹었다는 말

인가. 울화가 울컥 치밀었으나 미순은 시어머니 체면을 세우면서 조용히 말했다.

"남열이 바꿔라."

"그 사람 지금 전화 못 받아요."

"그저 자냐? 너 혼자 밥을 먹었단 말이냐?"

"아니요. 둘이 함께 먹었어요."

"그럼 남열이 바꿔라."

그러자 며느리는 유쾌하게 깔깔 웃었다. 무엇이 재미있는지 배꼽이라도 잡고 웃는 형태다.

"그 사람 지금 팬티만 입고 설거지하고 있어요."

"뭐라고? 내 아들이 설거지를 한다고?"

미순의 눈앞이 팽그르르 돌았다. 장가 가기 전에는 단 한 번도 설거지통에 손을 담가본 적이 없는 귀한 아들이다. 내가 저를 어떻게 키웠는데……

깨어지기 쉬운 유리그릇처럼 아끼고 사랑하고 떠받들며 키웠는데…… 설거지를 한다니! 토악질이 나고 몸까지 휘둘린다.

미순은 전화기에 대고 고함을 쳤다.

"오늘이 무슨 날인 줄 아니?"

"정월 초하루지요."

"시집온 네가 이런 날 세배하는 것도 몰랐니?"

"지금도 그런 걸 지키는 집이 있나요. 그건 모두 옛

날 옛적 호랑이 담배 피던 시절 이야기예요. 지금은 그런 거 하는 집안 없어요."

미순은 분을 참지 못하고 전화기를 내동댕이쳐 버렸다. 발로 땅바닥에 뒹구는 전화기를 짓이기면서 악을 썼다.

"어디서 못 배워먹은 집안에서 며느리가 들어왔어. 쌍놈의 집안 핏줄이야. 아마도 백정 집안 딸이 맞을 거야."

치미는 화를 참지 못하고 발발 떨다가 울다가 악을 쓰는 아내를 안쓰럽게 쳐다보던 남편이 아내를 뒤에서 안았다.

"세상이 변했어. 정신을 차릴 수 없을 정도로 요동치고 있어. 앞으로 수술도 로버트가 하는 세상이 온다네. 인공지능과 사람이 바둑을 두고 대결하는 것 당신도 봤지? 앞으로 소설도 인공지능이 다 써낼 거라고 하는군. 인간은 장승처럼 서 있는 바보멍청이가 될 거야."

변하는 세상을 늘어놓으면서 세상 풍조를 탓하며 아내를 달래려는 남편을 향해 미순은 화를 가라앉히느라고 씩씩거렸다.

"세상 풍조가 변해도 사람들은 정신을 차려야지요. 인간은 동물이 아니잖아요."

미순 부부 앞을 유유히 흘러가는 한강에 이 추운 날

제트스키를 타는 사람이 있어 얼음물을 가르고 번개처럼 미끄러져 간다. 옆을 보니 젊은 남녀가 서로 껴안고 뽀뽀를 하느라고 정신이 없다.

이 추운 날 여자의 허벅지가 아슬아슬하게 드러날 정도로 짧은 치마를 입고 있다.

참으로 변하긴 많이 변한 세상이다.

이건숙

한국일보 신춘문예 당선, 서울대학교 독어과 졸업, 미국 빌라노바 대학원 도서관학 석사, 단편집:『팔월병』외 7권, 장편 『사람의 딸』외 9권, 들소리문학상, 창조문예문학상, 크리스천문학나무(문예지)주간 역임(현: 도미)

파도타기

정기옥

파도타기를 하러 갔어요. 매서운 바람이 코끝을 아리게 하는 추운 겨울날이었죠. 그날은 비까지 오더군요. 빗방울이 얼굴 위로 춤추듯 떨어졌어요. 그런데 그런 날 파도를 타야 진짜 파도타기 하는 맛이 나거든요. 겨울 바다에서 파도타기 하는 맛은 타 본 사람만 알아요. 머리카락을 스치는 차가운 바람에 모공 속까지 시원했어요. 스물다섯 살 되던 해 나는 본격적으로 레포츠를 배웠죠. 첫 도전한 것이 파도타기였어요.

서핑 보트에 올라 파도를 탈 때면 원초적 순수 에너지가 솟구쳐 올랐어요. 나는 보트에 올라 가슴을 바닥으로 누른 다음 뒷발과 앞발 순서대로 보트 중앙에 맞춰 옮겼어요. 그다음 무릎을 낮춰 중심을 잡고 보트 위로 일어섰죠. 온몸의 힘을 최대한 아꼈어요. 파도를 타려면 위치 선정을 잘해야 했죠. 파도가 들어올 때 가장 높은 부분을 피크라고 해요. 힘이 가장 세고 제일 먼저 부서지는 곳이죠. 나는 파도타기 고수가 될 때까지 수없이 바닷물을 들이켰어요. 드디어 피크를 정복하는 날이 오더군요. 파도가 내게 잡히는 느낌, 바로 그 순간의 희열은 맛본 사람만 알 수 있죠.

우리 집은 남해 바닷가 근처에 있어요. 걸어서 바닷가까지 100미터 정도였죠. 내가 어렸을 적 엄마는 '물가에 가지 마'하며 내 귀에 못이 박힐 정도로 신신당부하셨죠. 나하고 세 살 터울 언니가 있었어요. 언니가 열 살이었을 때 친구 세 명과 집 앞 바다 가에서 물놀이를 하다 너울성 파도에 그만 휩쓸려갔어요.

언니는 영영 돌아오지 못했죠. 언니가 그렇게 가고 난 후 엄마는 밤마다 불면증에 시달렸어요. 엄마의 귓가에선 파도 소리가 들린다고 했어요. 그 소리 때문에 엄마는 뜬눈으로 밤을 새웠죠.

엄마는 매일 아침 눈을 뜨면 습관처럼 내 얼굴을 매만지며 말했어요.

"지영아. 너는 언니처럼 나쁜 딸이 되면 안 돼. 부모보다 먼저 가는 게 얼마나 큰 불효인지 아니? 우리 지영이 착한 딸 될 거지? 약속해. 물가는 절대 안 가겠다고."

엄마를 실망시키고 싶지 않았죠. 그래서 코앞에 바다가 있는데도 한 번도 바닷물에 들어가지 않았어요. 잠 못 이루는 밤, 엄마는 바닷가로 나갔어요. 밤하늘엔 푸

르스름한 초승달이 떠 있었죠. 엄마는 모래밭에 앉아 초승달을 올려다보며 말없이 눈물만 흘렸죠. 엄마는 그 달을 언니의 조그마한 몸이 나타난 것이라 생각했나 봐요. 언니의 죽음은 남은 가족에게 족쇄를 채우고 어두운 그늘을 드리웠어요.

나는 서른 살이 되자 그만 그 족쇄를 끊어 버리고 싶었어요. 인생의 바다 스스로 항해하고 싶은 욕구가 가슴 밑바닥부터 치밀어 올라왔죠. 그리고 엄마에게도 항해술을 다시 가르쳐 주고 싶었어요. 그 항해술 잘만 터득하면 높은 파도 치는 바다도 가를 수 있었거든요.

저녁노을 붉게 물든 어느 날, 엄마와 바닷가에 나갔어요. 수평선 너머로 노을이 가라앉고 있었죠. 엄마와 나는 백사장에 앉아 지나온 날들을 소곤소곤 이야기했어요. 어느새 시간이 흘러 밤하늘엔 보름달도 뜨고 별도 떴어요. 엄마가 좋아하는 보름달이.

"네 언니는 별똥별 참 좋아했는데. 별똥별 보면서 간절히 소원 빌면 이루어진다며 이맘때 하늘에서 떨어지는 별똥을 줍곤 했지."

엄마가 그렇게 나직이 목멘 듯한 소리로 말하고 있을 때 초승달 한가운데에 푸른빛의 기운이 진해지더니 그 옆 유난히 빛나는 별 하나에서 무수한 별똥별이 쏟아졌어요. 별똥별이 내리는 파도를 탄 일렁임이 엄마의 가슴을 적시는 것 같았어요.

문득 별똥별 떨어지는 밤바다 파도를 가르고 싶었어요. 밤바다는 나에겐 첫 도전이었죠. 서핑보트에 몸을 맡기고 검은 파도를 향해 천천히 나아갔어요. 그 밤 높게 일렁이는 파도가 무서워 심장이 터질 것 같았죠.

나는 파도가 높을수록 한 몸처럼 파도를 느끼며 서핑 보트 위에 균형을 잡고 일어섰어요. 피크를 정복하며 밤바다 물결을 뛰어넘었죠.

그때였어요. 나는 내 주변으로 쏟아지는 수많은 별똥별을 봤어요. 그중 별똥별 하나가 하늘을 가르며 나에게 다가오더니 서핑 보트 위에 떨어졌어요.

그것은 언니가 그렇게 좋아하던 작은 별똥별이었어요.

정기옥

계간지 「크리스천 문학 나무」 등단
유튜브 '책 먹는 즐거움 정기옥 작가' 채널 운영
칼빈대학교 복지상담대학원 인문학전공
소설집 『쉼 카페』 출간
제87회 한국 인터넷 문학상 수상
제32회 경기도 문학상 소설 부문 우수상 수상

주인 정신과 나그네 정신

강덕영

우리는 가정과 직장, 모임 등 늘 구성원에 둘러싸여 살아가고 있다. 여기서 내가 속한 곳에서 늘 주인 의식을 가지는 것이 중요하다.

독립 운동가였던 도산 안창호 선생을 잘 아실 것이다. 이 분은 어디서나 '주인정신'을 강조함으로써 흩어졌던 하와이 교민들을 단결시켰고 독립운동 자금을 모금해 임시정부로 보냈다. 희망을 잃었던 교민들에게 자립할 용기를 심었으며 민족의 자긍심을 일깨웠다.

하루는 어떤 청년 교민이 안창호 선생에게 "여기에는 우리들을 이끌어갈 좋은 지도자가 없다"라며 한탄하자 도산 선생은 "당신이 바로 그 지도자가 되도록 노력하십시오."라고 말했다고 한다.

'주인 정신'은 내가 모든 것을 책임지고 끝까지 최선을 다하는 정신이다. 옛 속담에 "대감 집 마님은 좋은 것은 종들에게 시키고 수챗구멍은 본인이 뚫는다"라는 말이 있다. 궂은일이나 어려운 일은 주인마님이 직접 나서서 한다는 것이다. 궂은일을 다 내가 해야 한다면

79

당장은 손해 보는 것처럼 느껴지겠지만 그것이 결국 존경을 받는 '무형의 재산'이 된다.

직장인들은 자신이 하는 일이 힘들다고 생각한다. 반복적인 것이 많아 의미 없는 것이라고 생각할 때가 많다. 그래서 자신에게 주어진 일만 하고 나머지 시간은 삶의 질을 높이는 데 쓰는 것이 현명한 직장 생활이라고 생각하는 사람이 많다.

그러나 우리는 직장 생활을 통해 사회를 알고 100세 시대를 살아갈 지혜와 방법을 배운다는 것을 알아야 한다. 이때 배운 노하우, 즉 '무형의 재산'을 가지고 직접 기업을 일으키거나 직장에서 성공하는 경우가 많다.

내가 영업 사원으로 근무하면서 열심히 일했던 경험이 사업을 일으킨 원동력이었다. 주어진 일에 '주인 정신'을 가지고 임하면 직장 상사뿐만 아니라 거래처, 부하직원들에게도 존중을 받는다. 그 성실함이 바로 세상을 살아가는 자신만의 무기가 되는 것이다.

"눈물 젖은 빵을 먹어보지 못한 사람은 인생을 논하지 말라"는 독일 대문호 괴테의 직언이 늘 마음에 와 닿는다. 절실함을 느껴본 사람만이 절실하게 노력하게 된다.

자신에게 맡겨진 일에 주인의식을 갖지 않고 마치 남의 일처럼 건성건성 하는 '나그네정신'은 아무리 좋은 학식과 배경을 갖추고 있더라도 결국 긴 인생 경주에서는 승리하지 못하는 것을 발견한다. 내가 주인이라고 생각하면 바닥의 쓰레기도 줍고 그냥 켜져 있는 전등 하나도 끄게 된다.

이런 맥락에서 크리스천의 주인 정신은 더 고차원적이다. 하나님을 우리의 주인이라고 고백했으면, 그 뜻대로 살기로 약속한 신앙고백을 기억해야 한다.

하나님은 구약의 언약을 통해 순종하면 축복하고, 순종치 않으면 벌을 주겠다고 하셨다. 인간의 주인은 하나님이고 우리는 그의 어린 양이라는 상호 계약이다. 그래서 하나님의 뜻대로 살아가야 하는 것이 우리 신앙인다.

하나님의 뜻이 기록된 것이 성경 말씀이다. 언제나 기도를 통해 하나님께 뜻을 묻고 말씀대로 살아가겠다고 다짐하는 것이 기독교인으로서의 주인 정신이다. 어떻게 되겠지가 아니라 스스로의 신앙 성장을 위해 늘 노력하는 우리가 되어야 할 것이다.

강덕영

「한국크리스천문학」 등단,
한국외국어대 및 경희대 대학원 졸업
저서 『그럼에도 불구하고 할 수 있다』 외 다수,
대한신학대학원대학교 이사장 역임,
현) 한국유나이티드제약 사장

마지막 잎새

최민호

문득 한 장밖에 남아 있지 않은 12월의 마지막 달력을 보면서 한 작품 구절이 생각났습니다.

"…마지막 잎새가 떨어지는 걸 보고 싶기 때문이야. 기다리는 것도 힘들어. 생각하는 것도 피곤해. 이제 내가 잡고 있던 것들을 다 놓아버리고 한없이 아래로 아래로 떨어지고 싶어. 저 불쌍하고 힘없는 한 닢의 잎새처럼 말이야."

내가 번역해 본 '오 헨리(O. Henry)'의 단편소설『마지막 잎새(The Last Leaf)』속의 구절입니다. 영어 원문.

"…because I want to see the last one fall. I'm tired of waiting. I'm tired of thinking. I want to turn loose my hold on everything, and go sailing down, down, just like one of those poor, tired leaves."

불행하게도 폐렴에 걸린 주인공 존스는 길 건너 담벼락에 붙어있는 담쟁이 이파리들이 하나씩 떨어지는 것을 보면서 자신의 목숨도 이파리들과 함께 다해 가고 있다고 생각합니다. 그리고 마지막 잎새가 떨어지면 자기도 죽음을 맞이하리라 생각합니다.

"신비하고도 머나먼 여행을 위한 준비를 하는 사람

처럼 외로운 이는 없습니다."

"The lonesomest thing in all the world is a
soul when it is making ready to go on its
mysterious, far journey."

여기서의 여행은 곧 죽음을 뜻합니다. 희망을 잃고
마지막 잎새를 자신의 운명처럼 여기며 절망에 빠졌던
존스는, 그러나 떨어져야 할 담쟁이 잎새가 모진 바람
과 비가 내린 밤을 지나고도 떨어지지 않고 아침에 매
달려 있는 것을 보고 삶의 희망을 다시 찾게 됩니다.

"무엇인가가 저기에 마지막 잎새 하나를 남겨서 내가
얼마나 사악했던가를 가르쳐 주는 것 같아. 죽기를
바라는 것은 죄악이야. 수프를 조금 갖다 줘. 작은
주전자에 밀크도 좀……."

존스에게 삶의 희망을 찾게 한 마지막 잎새는 이웃
의 이름 없는 삼류 노인 화가가 담벼락에 그려 넣은 그
림이었습니다. 노인은 비 오고 바람 불었던 그날 저녁,
비를 맞으며 담장에 잎새 그림을 그린 후 폐렴에 걸려
죽습니다.

아주 짧은 이 단편 명작은 세계의 많은 사람들에게
감동을 주었습니다. 담쟁이의 마지막 잎새에 자신의 삶
을 매다는 허망한 절망과, 작은 것에 희망을 되찾고 삶
을 불태우는 나약하지만 강할 수 있는 한 인간의 모습
을 보여주었습니다. 걸작을 남기고 싶다며 넋두리를 하
던 무명의 화가가 타인의 불행에 위험을 무릅쓰고 그

사람에게 삶을 찾아주고 희생한 아름다운 사랑을 보여줍니다. 사랑으로 타인에게 생명을 선사한 그 담장이 그림이야말로 걸작 중의 걸작이겠지요.

역사상 가장 훌륭하고 아름다운 연주는 무엇이었을까? 라는 질문에 음악가들은 입을 모아 답합니다. 바이올리니스트 월리스 하틀(WallaceHartley)가 이끄는 7명의 실내악단이 타이타닉호가 가라앉는 마지막 순간에 승객들에게 선사한 연주들이었습니다.

이 연주는 배가 침몰하기 10분 전까지 3시간 동안 계속되었습니다. 덕분에 승객들은 평온한 마음으로 여자와 어린이들부터 질서 정연하게 구명보트에 오를 수 있었다고 합니다. 스스로 희생을 무릅쓰고 자신의 사명을 다함으로써 타인에게 희망과 생명을 안겨주는 마지막 순간의 마지막 사람들. 그들이 아름다운 것은 그들이 어떻게 살았는가에 있는 것이 아니라, 그들이 그렇게 아름답게 끝맺었던 마지막 모습 때문입니다.

우리는 어떻게 살 것인가, 어떻게 시작할 것인가에 희망과 의미를 부여하며 삶을 살곤 합니다. 그러나 인생에서 정작 중요한 것은, 어떤 모습으로 죽을 것인가의 결단에 달려 있는지도 모릅니다.

왜냐하면 끝은 끝이라서 다시 회복시킬 수 없는 것이기 때문입니다. 그 마지막의 모습은 다시 수정할 수 없는 모습이기 때문입니다. 셰익스피어가 '끝이 좋아야 다 좋다(All is well that ends well)'라고 한 말도 마지막을 보내야 하는 사람들에게 던지는 매우 의미심장한 말로 받아들여야 할 것입니다. 우리는 매일매일 살고 매일매일 죽고 있습니다.

어떻게 살 것인가? 어떻게 죽을 것인가? 연초를 어떻게 살 것인가를 결심하는 시작이라면, 연말은 어떻게 죽을 것인가를 생각해 보는 결산의 시기입니다. 시작도 중요하지만 끝이 더 중요한 것입니다.

12월 초 한 해를 마무리하고, 다시 한 해를 맞이할 즈음입니다. 한 해를 마무리하는 12월의 초엽에서 우리는 마지막을 준비하는 마음으로 다시 서야 할 것입니다. 끝이 추하거나 비루한 마지막의 모습을 보여서는 안 됩니다. 책임 있고 성실하게 더욱 더 처음처럼 마지막을 보내야 합니다. 벽에 걸려 있는 마지막 한 장의 달력을 '마지막 잎새'처럼 끝이 아닌 희망의 잎새로 바라봅니다. 아름다운 사람은 저녁이 아름답습니다. 사람은 저녁이 아름다워야 합니다. [최민호의 월요이야기]

최민호

「한국크리스천문학」, 등단, 국무총리 비서실장, 행정중심복합도시 건설청장, 행자부소청심사위원장, 충청남도 행정부지사, 홍익대 초빙교수(행정학 박사), 영국 왕립행정연구소 수료, 일본 동경대 대학원 졸업, 미국 조지타운대 객원연구원
현) 제4대 세종특별자치시 시장

접시꽃 사랑

김예희

접시꽃이 활짝 피었다. 꽃 색이 붉은 빛, 연분홍, 흰빛 등 삼색으로 어우러졌다. 담장 밑으로 이십여 미터에 열병하듯이 기세등등하게 서 있다. 접시꽃 울타리 덕에 시골 마을이 환하다. 크고 작은 차량이 오가는 마을길 바로 옆이어서 접시꽃이 방문객들을 반갑게 맞이해 준다. 지나가는 이들도 마음이 환할 것이다. 바람과 햇볕을 맞으며 도도하게 서 있는 그 자태가 우아하다.

지난해에는 잎사귀가 돋아나자마자 벌레들이 기승을 부려 잎의 진액을 빨아먹는 바람에 여름 내내 곤욕을 치렀다. 급기야 살충제를 뿌리고 보는 족족 벌레를 잡아내는 수고를 했다. 그 자리에서 한 해 겨울을 견디어 내더니 올해는 튼실하게 자라서 영화(榮華)를 누린다. 꽃의 생김새가 접시처럼 둥글고 크다.

꽃대가 2~3m까지 올라간다. 대문 곁에 떡 버티고 있는 네댓 개의 꽃대는 장승같다. 보통 유월부터 백 일 동안 끈기 있게 피고 지기를 이어간다. 접시꽃의 꽃말은 열렬한 사랑 또는 야망인데 그 꽃말대로 이 녀석은 생명에 대한 애착이 열렬하다. 사랑의 진실성을 가늠해 보는 잣대는 접시꽃의 일생 같은 꾸준함일 것이다. 세상의 잇속에 눈이 가려 쉬이 변심하면 그것은 가짜 사랑이리라.

여기서 잠시 생명을 성찰해 본다. 생명이 숭고한 이유는 무엇일까? 생명이 있는 것은 시작점이 있으면 마침이 있다는 사실이다. 피는 꽃은 환희이고 축복인데 지는 꽃은 아쉬움과 안타까움이다. 잎사귀를 돌돌 말아 진액을 빨아먹는 벌레의 공격을 받으면서도 피어 있을 때가 아름답다. 수명을 다하고 시나브로 떨어지는 꽃송이를 대하면 나는 일순간 숙연해진다.

성경에는 "해가 돋고 뜨거운 바람이 불어 풀을 말리면 꽃이 떨어져 그 모양의 아름다움이 없어지나니"(야고보서 1장 11절)라고 한다. 이 땅의 부자들을 향해 자기의 높음을 자랑하지 말 것을 훈계한 대목인데 모든 인생도 풀의 꽃처럼 그 행하는 일에 쇠잔할 때가 온다고 일러주신 것이다.

그런데 내 눈과 마음만 이런 걸까? 꽃대에 붙어 있는 싱싱한 꽃은 언제나 아름다운데 바닥에 떨어진 시든 꽃송이는 영 볼품이 없다. 생명 있음과 없음의 현격한 차이를 무슨 말로 설명할 수 있을까. 정말 말이 필요 없다. 눈으로 보면 마음에 금방 감지된다. 우리 집이 마을의

87

초입(初入)이고 동네를 관통하는 중심 도로가 우리 담장 바로 밑이어서 나는 마당의 연장선에서 집 앞의 길거리를 깔끔하게 관리한다. 밤새 떨어진 꽃송이를 이른 아침에 하나하나 줍는다. 요즈음 아침마다 백 송이도 넘게 건진다. 물론 빗자루로 쓸어 담으면 손쉽게 처리할 수 있지만 나는 그렇게 하지 못한다. 비록 숨죽은 꽃송이지만 함부로 대할 수 없다는 마음이 앞서기 때문이다. 수거한 꽃의 주검들은 모체인 뿌리 곁에 고이 모아서 묻는다. 생명을 마감한 것에 대한 최소한의 예의라고나 할까.

중국의 대문호 루쉰(魯迅)은 '조화석습(朝花夕拾)'이라고 했다. 아침에 떨어진 꽃을 저녁에 줍는다고 한다. 무슨 일이든 당장 대처하지 않고 시간을 두고 심사숙고한 뒤에 결행한다는 의미를 가르친다. 매사를 이처럼 신중하게 처리하면 후회할 일이 없거나 훨씬 줄어들 것이다. 낙화를 줍는 시차를 두고 삶의 방식을 풀어내는 교훈을 얻는 것도 귀하다고 하겠다.

꿀벌은 연신 생명 있는 꽃을 찾아 암술과 수술의 언저리를 파고든다. 윙윙거리며 신나게 작업을 하는데 약속이라도 한 듯 떨어진 꽃송이를 거들떠보는 법이 없다. 생명 있는 것의 파트너십은 역시 생명체하고만 상호작용을 한다. 접시꽃 꽃대가 비바람에 쓰러지지 않게 끈으로 묶는 일을 하면서 나는 꽃송이들 사이에 얼굴을 묻고 생명의 소리를 경청한다. 여러 마리 벌이 내 볼에 스친다. 이내 하나님의 말씀이 연상되어 나를 깨우친다.

"모든 육체는 풀과 같고 그 모든 영광은 풀의 꽃과 같으니, 풀은 마르고 꽃은 떨어지되 오직 주의 말씀은 세세토록 있도다."(베드로전서 1장 24 ~ 25절)

생명과 부활인 하나님은 거짓이 없이 형제를 사랑하라고 가르치면서 서로 마음으로 뜨겁게 사랑하라고 권면하신다. 왜 그토록 열렬한 사랑을 주문하셨을까? 아마 풀의 꽃같이 생명의 유한성을 일깨워 주려는 의도가 담겨 있지 않을까.

시나브로 꽃송이가 진다. 바람결도 없는데 정갈한 목숨이 하나 고이 진다. 접시꽃의 종말을 보며 묵상에 잠긴다.

'나는 어떻게 살아야 하나? 가족들과 친지들, 친구와 이웃들을 어떤 마음가짐으로 만나야 할까?'

무엇보다 우선하여 겸손하게 처신해야겠다. 접시꽃이 그 야망의 기간이 다하매 순순히 꽃잎을 접고 꽃대에서 떨어지는 모습이 내 눈과 맘에 잔상(殘像)으로 찍혀 있다. 이제는 거드름 피울 나이도 아니건만 그래도 조신(操身)하고 누구를 대하든지 존중하며 사랑을 실천하리라.

하나님이 보장하신 여생(餘生)을 우리가 위축되어 살 일은 분명 아니다. 범사에 감사하고 항상 기쁘게 살아야 할 책무가 있다. 다만 분수에 지나친 야망을 내려놓고 이웃을 돌아보며 베풀어야 하리라. 무리 지어 핀 접시꽃이 동민들을 바라보며 "열렬히 서로 사랑하라."라고 일제히 방송하는 듯하다. 나는 접시꽃의 묵언의 외침을 귀담아들으며 은밀하게 삶의 힘을 키운다.

김예희 우봉(牛峯)

「문학세계」 등단
수필집 『생각의 삽질』, 『특별한 선물』
자서전 『가족의 힘으로 걷는 삶의 올레길』
상주문인협회 회원, 상주아동문학회 회원, 한국크리스천문학가협회 이사, 대구대학교대학원 가정복지학과 졸업(철학박사)
경북예천교육장 역임, 문학세계문학상, 활천문학상

그날 새벽

최원현

끼기기긱 덜커덩, 가쁜 숨을 몰아쉬며 열세 시간 넘게 달려온 기차가 드디어 멈춰 섰다. 순간 사람들은 경주라도 하듯 서둘러 일어나 출구로 향했다. 그러나 통로는 한 명씩만을 받아들이며 사람들을 한 줄로 서게 만들었다. 나도 그중 하나가 되긴 했지만 나는 할 수만 있다면 좀 더 천천히 나갔으면 좋겠다는 생각이었다.

한참만에야 기차에서 벗어났는데도 또 긴 기차만큼이나 길게 사람들의 줄이 이어져 달리고 뛰고 걷고 했다. 하나같이 뭐가 그리도 급하고 바쁜지 크고 무거운 짐 보퉁이를 들고서도 잘도 달린다. 그리운 가족들, 사랑하는 사람과 조금이라도 빨리 만나고 싶어서일까. 아니면 지겨울 만큼 길었던 기차여행에서 일분일초라도 더 빨리 벗어나고 싶어서일까.

그들에 아랑곳 않고 되도록 천천히 발길을 옮기는 내 등을 치고 가는 사람, 내 몸을 부딪치며 가는 사람들을 잠시 발을 멈추고 망연히 바라보노라니 갑자기 가슴속이 유리 조각에 긁힌 것처럼 쓰라리다. 심장도 못

할 일이라도 하다 들킨 것처럼 큰북 치듯 쿵쾅댄다. 밀려드는 불안, 저들과는 다른 나라로 가는 것 같은 나, 기차에서 내려 출구를 거쳐 서울역 광장에 이르기까지의 꽤 긴 시간조차도 내게는 순간처럼 느껴졌다.

비로소 하늘을 쳐다봤다. 날이 밝기 전의 이른 새벽, 낯선 하늘 밑에서 더욱 작아져 있는 나를 오늘따라 하늘도 완전히 무시하는 것 같다. 3년 전에 처음 보았던 서울 하늘과도 달랐다. 그땐 그저 기대와 즐거움이었다. 거기다 여름이었다. 오늘은 겨울이고 하늘도 잿빛이다. 별 하나도 보이지 않는다. 내 삶의 전환, 아무것도 확실하지 않은 내 삶으로의 시작이다. 비로소 차가운 바람에 노출된 몸이 움츠러들어 있음을 느낀다. 겨울의 새벽은 아직도 어둠 속에 묻혀 있다.

바지 주머니에서 접힌 종이를 꺼냈다. 내가 가야 할 곳의 주소다. 역에서 나와 왼쪽으로 가면 버스정류장이 있다고 적혀있다. 거기서 버스를 타면 된다고 했다.

갑자기 한기 같은 무서움이 왈칵 몰려왔다. 얼른 하늘을 쳐다봤다. 가로등 불빛 속으로 보이는 새벽하늘이 어제 집을 나섰을 때의 저녁나절 같다. 순간 저만치로 멀어져 가는 할머니의 손 흔드는 모습이 보였다. 점점 멀어져 가며 희미해지는 모습, 나는 분명 그 자리에 서 있는데 내가 가는 것처럼 멀어져 가는 모습이 나를 더욱 안타깝게 했다.

이제부터는 정말 혼자라는 생각이 들었다. 아무도 없는 곳에 버려진 느낌이다. 하늘도 내 머리 가까이까지 내려앉는 것 같다. 초등학교와 중학교를 다니던 시골의 하늘은 이렇지 않았다. 밤에는 별이 총총하고 낮에는 시리도록 파랗게 맑았다. 그런데 다들 가버린 곳에서 홀로 서 있는 내게 하늘은 지극히 무덤덤한 무표정이다. 아는 체도 않는다. 열여섯 살 머슴아가 어떻게든 정을 붙이고 살아가야 할 새 하늘 새 땅인데 말이다.

보퉁이 보퉁이 들고 이고 메고 달리던 사람들은 다 어디로 갔을까. 마중 나온 사람과 하나 되어 가는 사람들을 바라보면서는 새삼 가족이란 저런 거구나 생각을 했다.

광장 가 쪽으로 며칠 전 내렸던 눈을 밀어놓은 눈 더미들이 여기저기 시꺼먼 먼지를 뒤집어쓴 채 산처 딱지처럼 붙어 있다. 그게 마치 서울에서 살아갈 내 모습 같아 보여 왈칵 설움이 몰려들었다. 버스정류장에서 내가 타야 할 번호의 버스를 기다리는 내 눈에도 아주 조금씩 날이 밝아오는 것이 느껴졌다. 불빛 속에 가려졌던 어두움도 옅어지는 것이 보였고 비로소 새벽이 느껴졌다. 어둠을 벗고 아침이 오고 있었다. 그러나 나는 어둠보다 밝음이 더 무서워졌다. 버스만 타면 내가 맞게 될 새 풍경들이 익숙하고 낯익었던 것들을 놓아버리고 떠나온 길에서 새롭게 맞아야 하는 두려운 생소함으로 나를 압박해 왔다.

외할아버지 외할머니로부터 백부님 숙부님께 그날 새벽이 그렇게 서울행 완행열차를 통해 나를 인계했다. 어쩔 수 없이 새로운 삶 속에 들이밀어질 나였기에 반가움보다 두려움과 미안함이 더 컸다. 이제는 미명을 벗고 아침이라도 빨리 왔으면 싶었다.

완전히 날이 밝으려면 얼마나 더 있어야 하는가. 내가 기다리는 버스는 언제쯤 올 것인가. 그렇게 나는 열여섯의 겨울을 보내던 한 새벽 서울이라는 삶터에 덩그마니 올려놓아졌었다. 그날 나는 내가 타고 가야 할 버스를 네 번이나 보내버린 뒤에야 버스에 올랐다. 그런데도 내 마음이 기다리는 아침은 쉬 오지 않았다. 참 두렵고 긴 미명의 새벽이었다. 그렇게 난 고향을 떠났고 서울이라는 또 다른 고향에 옮겨 심어졌다. 그런데 새삼 왜 그날이 갑자기 생각난 걸까. 3년여의 암흑 같던 코로나 시기로 갇혀버렸던 일상에서도 벗어나 다시 이렇게 찬란한 자유의 시간들을 맞고 있는데 왜 오늘 갑자기 그날의 암담함이 느껴지는 것일까. 이 나이에 이 형편에 무엇이 나를 불안하게 하는 것일까. 그 황당하고 암담했던 58년 전 그날 새벽도 이젠 서럽고 안타까운 추억이 되었는데 왜 갑자기 TV를 보다 그날이 생각난 걸까. 눈이 내리다 비가 되는 오늘 창밖의 겨울 하늘도 어둡지만은 않은데.

최원천

수필가·문학평론가. 한국수필창작문예원장·사)한국수필가협회 명예이사장. 국제펜한국본부·국립세계문자박물관·범우문화재단 이사. 사)한국문인협회 부이사장(역임). 한국수필문학상·동포문학상대상·현대수필문학상·상록수문예대상·조연현문학상·신곡문학상 대상·펜문학상·한국문학상 수상 외, 수필집 『날마다 좋은 날』『그냥』『누름돌』『고요, 그 후』등 19권, 문학평론집 『창작과 비평의 수필쓰기』등 2권, 중학교 『국어1』『도덕2』등에 수필 작품이 고등학교 『국어1』『문학 상』에 수필 이론이 실려 있다.

살모사 죽이기

최건차

산야에서 뱀이 보이면 꼭 잡아죽여버려야 직성이 풀린다는 누구의 이야기다. 왜 뱀을 죽여야 하는가에는 사악한 온갖 거짓과 위선을 연구 발생케 하는 사탄의 원조가 뱀이라는 것 때문이다. 뱀은 종류별로 크나 작으나 알을 낳는데 독사도 새끼를 낳는다. 그런데 살모사殺母蛇는 새끼가 태어나면서 어미를 물어 죽이려 들기 때문에 나무 위에서 아래로 떨어뜨려 낳는다고 한다. 이에 자기 나라와 도와준 분들께 감사하지 않고 자신의 이익과 사상적 이념을 위해 죽이려 드는 자들을 살모사 같은 것들이라고 할 수밖에 없다. 부모와 같은 친 고숙을 반역으로 몰아 처형하고 북한을 도와주려는 남한을 파괴하려는 김정은의 속성도 살모사다.

북한의 침략으로 대한민국이 위태로울 때 도와준 우방을 외면하려 하고, 악의적인 거짓선동으로 정권을 빼앗아 사회주의 나라를 만들려는 자들도 살모사 족속이다. 우리나라는 자유민주주의 시장경제체제로 세계 10위권 내에 들고 있다. 이토록 자랑스러운 대한민국의 역사를 왜곡하고 정체성을 무너뜨리며 국력을 퇴보시키려는 자들이 설치고 있다. 이에 산이나 들에서 뱀이 눈에 띄면 우선 도망가지 못하도록 스틱으로 내리친 다음 목 부분을 짓밟아 뭉갠다. 그런데도 꿈틀대는 놈은 대가리를 손으로 꽉 움켜잡고 위로 치켜 올린다. 그 다음에는 두 손으로 대가리 부분을 위와 아래 양쪽으로 분리해 붙잡고, 더 이상 거짓선동과 궤사한 혀를 날름거리지 못하도록 쫙 벌려진 주둥이로부터 꼬리 부분까지를 쫙 쪼개 버린다.

잔인한 방법처럼 보이지만, 그 이상으로 당해도 될 만한 짓들을 하는 자들이어서 그들에 대한 준엄한 심판의 상징이다. 우리는 오랫동안 가난에 시달리며 약소국의 설움을 딛고 선진국대열에 발을 올려 경제대국으로 발전을 거듭하고 있다. 이렇게 대단한 나라를 전복하려고 무력도발을 일삼고 남남갈등을 부추겨 사회를 혼란케 하려는 북한 편을 드는 자들의 짓이 곧 실모사다. 한때 우리나라보다 경제적으로 훨씬 앞섰던 나라 중에 일부가 사회주의를 했다가 추락한 것을 볼 수 있다. 그걸 뻔히 알면서도 이 나라를 그렇게 되게 하려는 자들은 대한민국을 북한에 넘겨주려는 공작원이며 만고의 역적이다. 그러한 증거로는 세계적 기술을 축적하고 있어 수출의 문이 활짝 열린 원전사업을 막으려는 정책을 펴고 있다.

유럽의 선진국들도 한때 핵 위험이 어떠니 하며 탈원전을 시도했었다. 하지만 이론처럼 되지 않고 국가발전에 손해가 되는 것을 알게 되어 원자력발전을 다시 장려하고 있다. 그 일례로 영국 등 여러 나라에서 원자력발전소를 지으려고 우리나라의 기술을 선호하고 있었지만, 정부가 탈원전 정책을 내세우는 바람에 돌아선 상태다. 이 나라를 망가뜨리고 있는 문재인과 그의 수하들은 전력수급과 수출의 효시가 되는 것을 막으려고 선동과 궤사를 부려 산림훼손과 자연환경 파괴 등으로 많은 부작용을 발생시키고 있다. 친환경이라며 태양열발전과 어설픈 풍력발전이 제일인 양 내세우는 그 속내가 과연 무엇인지 그의 행보로 알게 되어 있다.

거짓과 악으로 서지 못하는 게 공의로운 역사다. 거짓선동으로 정권을 탈취한 자들이 적폐청산을 한다며 자기들이 바라는 사회주의 이념의 칼을 휘두르며 국론을 분열시키고 있다. 술수와 과장된 거짓선동으로 권력을 휘두르는 자들이 그 누구인가. 정의로운 나라를 만든다며 국가의 안보와 국방을 자신들이 추구하는 이념의 잣대에 맞추어 허물어뜨리고 있는 자들이 누구인가.

5·18, 광우병, 세월호, 촛불시위 등을 배후 조종하고 이용한 자들이 누구인가. 역사적 사실은 오래 숨겨지지 않는다. 저들이 쳐놓은 장애물 때문에 이 나라가 바로 세워지기에 어려움이 많다. 하지만 진실을 거짓으로 둔갑시키고 있는 죄과에 대한 역사의 심판을 받게 될 날이 곧 닥칠 것이다. 그간 내 손에 잡혀 죽은 뱀들의 꼴이 되는 것처럼.

지난여름 봉삼을 캐러 가자는 제의를 받았다. 이참에 뱀을 잡아 죽여야겠다는 생각이 들어 따라나섰다. 강을 끼고 내륙 깊숙한 곳으로 들어가 봉삼이 있겠다 싶은 지점에 이르렀다. 봉삼이 있을 성싶은 데를 찾아보다가 드디어 하나를 발견하고 위쪽 좌우로 몇 개가 더 보여 신나게 캐고 있을 때 앞으로 살짝 스쳐가는 이상한 것이 눈에 띄었다. 색깔이 붉고 푸르고 약간은 누런색으로 위장한 놈이 혀를 널름거리며 방어 자세를 취하다가 바르르 떨었다. 얼씨구나! 너 잘 만났다 싶어 스틱으로 한 방 먹여 놓고 버둥대는 놈을 발로 밟아 대가리를 움켜쥐었다.

궤사하고 가증스러운 MXX의 상징으로 보이는 불독사다. 놈의 면면을 떠올리며 반역행위를 열거하고 처형키로 했다. 첫째, 좌편향 이념으로 민심을 교란하고 국론을 분열시키며 국가 정체성을 모호하게 하고 국력을 약화시키려는 죄. 둘째, 발전할 수 있는 경제적 대내외 여건들을 차단하고 제거하는 수법으로 이 나라를 파탄시키려는 죄. 셋째, 국방, 안보와 대외 우방 관계가 바로 되지 않도록 하고 북한 편에 서는 이적죄. 넷째, 국민의 편의를 도모해주는 척 인기영합주의로 몰아가 결국 이 나라를 퇴보시키려는 죄 등을 낭독하고 권력을 틀어잡고 대한민국을 고립시키고 있는 짓을 하는 놈을 살모사로 여겨 대가리를 둘로 쫙 쪼개 버렸다.

(2019년 7월)

최건차

월간 「한국수필」, 「창조문예」 등단,
수필집 『진실의 입』, 『산을 품다』 외,
한국문협한국수필문학가협회 이사,
수원 샘내교회 담임목사

하필 허당에 빠진 국자 / 충청도 사투리로 쓴 / 명랑 소설

넷째 남자(6)

심혁창

　다음날도 허당은 고서 한 권과 다른 책 아홉 권을 묶어 들고 정거장으로 나갔다. 맨 먼저 눈에 띄는 사람이 그 신사였다. 허당이 먼저 인사했다.

　"선상님 안녕하세유?"

　"반가워요. 이렇게 날마다 만나서 좋고 내가 좋아하는 책을 가지고 오시니 고맙고 더 좋소."

　신사는 허당이 내미는 고서를 받아들고 흡족한 얼굴로 봉투를 건네주었다.

　"이게 뭐여유?"

　"오십만 원이오."

　"책을 거저 드려도 되는디 날마다 돈 받기가 거시기하세유."

　"그렇지 않아요. 내가 찾는 책을 구해다 주시는 것만도 고마운데 거저 받을 수가 있나요. 난 갈 데가 있어서 먼저 저쪽으로 가겠소."

　"안녕히 가세유."

오늘도 사람들한테 받은 돈 9만 원을 봉투에 같이 넣고 차에서 내린 할머니를 부축해 드리면서 말했다.

"차타고 다니시기 대간하시쥬?"

"그려, 젊어서는 안 그랬는디 나도 다 살았나벼. 총각은 누군간디 이렇게 늙은이를 도와주시나?"

"시장도 하시지유?"

"그려, 배도 고프고 맥도 빠져서 속이 든든할 걸 먹고 싶은디 어디 좋은 식당이 있댜?"

"야. 제가 안내해 드릴게유. 바로 조 뒷골목에 돼지국밥집이 있는디 아주 잘 해유."

"그려, 아무데고 좋은 데가 있으면 앞장서."

허당이 할머니를 부축하고 국자네 식당으로 가는 뒤를 신사가 뒤를 밟고 있었다. 신사는 식당 밖에 숨어서 허당이 나가기를 기다렸다. 그러다가 신사는 허당이 나가자마자 바로 식당 안으로 들어가 국밥을 시켜 먹으면서 국자한테 물었다.

"저기 노인하고 나간 총각은 누군가요?"

"내 아들이쥬."

"그렇습니까? 훌륭한 아들을 두셨습니다. 아들은 무엇을 하시나요?"

"아침나절은 책 곳간에서 일하고 낮에는 정거장서 손님을 모시고 오쥬."

"그렇게 훌륭한 아드님을 두셔서 행복하시겠습니다. 그 책 곳간은 먼 데 있습니까?"

"아녀유. 바로 이 뒷골목 안에 허름한 이층 건물이 있는데 거기 책이 겁나게 많아유."

"그렇습니까? 책 구경 한번 해도 될까요?"

"그라슈. 내가 앞장설 테니 따라 오슈."

국자가 곳간으로 들어서며 소리쳤다.

"하필 씨, 내가 손님 모시고 왔어어."

하필이 내다보고 깜짝 놀라 멈췄다가 물었다.

"누구신데 여기꺼정 오셨대유?"

신사가 정중히 인사를 했다.

"네, 근처에 유명한 서점이 있다기에 한번 들렀습니다."

"여긴 서점이 아녀유. 우리는 책 안 팔아유."

신사가 두리번거리며 말했다.

"사방에 책이 겁나게 많습니다. 한번 둘러 봐도 될까요?"

이때 국자가 나섰다.

"손님이 보자고 하시는디 어서 보여드려어. 그래야 책을 사실 거 아녀."

하필이 마뜩찮은 얼굴로 받았다.

"여긴 서점이 아닌게 다시는 아무나 델구 오지 마."

이때 이층에서 주문받은 책을 찾던 허당이 내려다보고 깜짝 놀라 신사한테 물었다.

"여기는 어떻게 알고 오셨대유?"

신사가 대답했다.

"반갑습니다. 여기서 일하는 분이셨군요. 식당에서 식사를 하다가 이 아주머니가 자기 아들이 여기서 일한다며 안내해 주시어서 구경 왔습니다. 책이 정말 엄청 많습니다."

하필이 국자한테 눈을 흘기며 말했다.

"아무나 지 아들이여? 국밥집은 가서 장사나 혀."

그 말에 국자가 일그러진 얼굴로 인사도 없이 팽 돌아갔다. 하필이 신사한테 말했다.

"오셨응게 사무실에서 차나 한잔 하고 가슈."

사무실이래야 아무것도 갖추어지지 않은 베니아 판으로 얽은 칸막이 안으로 들어갔다. 차는 보리차였다. 그것을 한잔 내놓으면서 부탁했다.

"선상님, 여기는 아무도 모르는 곳여유. 우리가 책을 좋아혀서 여기저기서 버리는 책을 받아다 둔 것이쥬. 다시는 오시지도 말고 여기 책 곳간이 있다는 말도 허지 말어유."

"알겠습니다. 말씀대로 하지요. 이왕 왔으니 한번만 둘러나 보고 가게 해 주십시오."

곁에서 경계의 눈으로 지켜보던 허당이 대답했다.

"둘러보실 것 없어유. 내가 날마다 한 권씩 내갈 테니 그리 아셔유."

"감사합니다. 그럼 그 말씀만 믿고 돌아가겠습니다."

신사는 곱게 돌아갔다. 곳간에 허당하고 둘이만 남자 하필이 한걱정을 했다.

"하우가 아무도 모르게 허랬는디 저 사람이 알았으니 우티겨."

"알았슈. 내게 한 가지 생각이 있어유."

"뭔 생각이랴?"

"내일 지나고 말씀드릴게유."

다음 날 아침 허당은 책 열 권을 들고 정거장으로 나갔다. 역시 신사는 일찍이 나와 있다가 인사까지 먼저 했다.

"젊은이, 어제 실례가 많았습니다."

"아녀유, 이제부터는 선상님이 여기서 기다리실 것 없어유. 우리 곳간을 아셨으니 비밀로 허실 줄 믿고 그 대신 선상님 계신 곳을 알려주세유. 제가 책을 직접 갖고 가서 드릴 게유."

"그러시면 내가 편하긴 하지만 국밥집 아드님이 불편하시지 않겠어요."

허당은 국밥집 아드님이라는 말에 기분이 뒤집혔지

105

만 참고 말했다.

"제가 드리는 말씀대로 하시지 않으면 이제 그런 책을 가지고 나오지 않을 거구먼유."

"정 그러시다면 그렇게 하시지요. 날마다 서울 이 버스 종점에서 기다릴 테니 미안하지만 이 차를 타고 오시지요. 차비는 제가 부담하겠습니다."

"그럴 것 없어유. 날마다 오십만 원씩 주시는데 차비는 제가 부담해야쥬. 낼부턴 이 차를 타고 갈 테니께 서울서 만나시쥬."

"좋습니다. 그럼 내일부터는 서울 버스 터미널서 만나기로 하시지요."

그렇게 약속하고 다음 날 허당은 고서를 들고 버스를 탔다. 차가 터미널에 도착, 허당이 내리자 신사가 기다리고 있다가 돈 봉투를 급히 건네고 책을 받아들자마자 어디론가 부지런히 달려갔다.

허당은 그가 어디로 가는지 궁금하여 뒤를 밟았다. 그 사람은 커피숍이 아닌 다방이라는 간판이 붙은 뒷골목 다방으로 들어갔다. 허당은 살금살금 내부를 살폈다.

다방은 아주 옛날 구식 다방이었다. 네 사람 앉는 자리에 높은 등받이 칸막이가 막고 있어서 뒤쪽에 앉으면 앞쪽 사람이 안 보이는 음산한 분위기였다.

신사가 한쪽 자리에 앉자마자 머리가 하얗고 점잖게

생긴 노신사가 들어와 마주앉았다. 그 틈에 허당은 가까운 자리를 차지하고 신사와 등을 대고 앉았다.

노신사는 앉자마자 물었다.

"오늘도 하나 구해 왔는가?"

신사가 굽실거리며 대답했다.

"네, 아주 귀한 보물을 구해 왔습니다."

"그런가. 수고했네. 어디 보자, 참 귀한 보물이야, 하하하."

노신사가 흡족한 웃음을 흘리며 책값을 건네자 신사가 새로운 제안을 했다.

"회장님, 지금까지는 건당 백만 원씩 주셨지만 제가 이 책을 구하기 위해 온 천지를 헤매다 보면 비용도 많이 들고 힘도 듭니다. 이제부터는 오십만 원만 올려주시지요."

"백 오십 만원씩 달라는 말씀이신가?"

"예, 그것도 공짜가 아닙니까. 지금 세상을 다 뒤져도 그런 책은 더 이상 못 구합니다."

"그건 그렇지만…… 내가 고서점을 몽땅 사려고 10억을 따로 준비했었는데 어느 날 갑자기 서점 주인이 문을 닫고 책을 다 내다 버렸다는데 어디다 버렸는지 알아야 찾지. 참 아까운 보물을 잃었어. 그래도 임자가 날마다 구해 오니 다행이긴 한데 이제부터는 150은 너무하고 권당 130만 원으로 하세."

"회장님이 그렇게 말씀하시니……."

"고마우이. 130만 원 받게. 내일 이 자리에서 또 봄세."

노신사가 자리를 뜨면서 돈을 건네자 신사는 허리를 90도도 넘게 굽실거리며 인사를 했다.

"안녕히 가십시오. 회장님, 내일 뵙겠습니다."

신사는 기분이 좋아서 휘파람까지 불며 다방에서 나갔다. 허당도 터미널에서 버스를 타고 책 곳간으로 돌아왔다. 갑자기 어디로 가서 안 보이던 허당이 돌아오자 하필이 물었다.

"어딜 말도 읎이 갔다 오는겨?"

"좌송혀유. 책값 받으슈."

하필은 돈만 주면 헤헤거리고 좋아했다.

"허허허, 그려 자네가 젤여. 오늘도 59만 원이지!?"

"야."

하필은 돈이 생기는 대로 날마다 우체국에 가서 예금을 했다. 통장에 동그라미가 줄줄이 달라붙는 것을 보는 재미가 이만저만이 아니었다. 백만 원이 들어올 때 그렇게 좋았는데 이제 오백만 원에 동그라미가 하나 더 붙었다.

오천 만원이다! 흐흐흐, 속으로는 춤을 추고 싶게 좋

지만 겉으로는 아무렇지도 않은 듯이 실실거렸다.

허당은 흐트러진 책들을 정리하면서도 눈은 문쪽을 떠나지 못했다. 퇴근하여 돌아오는 하우가 머리를 뒤로 말아 올려 묶고 사뿐사뿐 걸어오는 모습이 보고 싶어서였다. 그러다가 하필이 눈에 띄면 벼락을 맞아야 한다. 하필이 아무리 그래도 허당 마음속까지는 모를 것이니 그리워하고 기다리는 비밀을 들킬 염려는 없다. 해가 질 녘에서야 하우가 들어서며 꾀꼬리 소리로 하필한테 물었다.

"아빠, 허당 씨는 어디 갔어?"

허당이 이층에서 내려다보다가 잽싸게 자릴 옮겼다. 딸이 허당을 먼저 찾는 것이 불만스러운 하필이 벌레 씹은 소릴 했다.

"넌 허당만 보여? 날마다 허당 허당하다가 허당에 빠지면 나오지도 못혀."

"호호호. 아빠는. 난 벌써 허당에 빠졌어."

"뭔 소릴 그렇게 하는거? 애비한테 농담을 혀?"

"농담도 재미있잖아 아빠."

"오늘도 주문서 많이 들어온 겨?"

"일 잘하는 허당 씨한테 먼저 알려줄 거야."

하우가 상냥하게 웃으며 아양을 떨자 하필은 손가락으로 이층을 가리켰다.

"올라가 봐. 시시덕거리지 말고. 허당은 허당여."

허우가 이층으로 올라와 허당 앞에 주문서를 내보였다.

"허당 씨. 우리 부자 될 거 같아요."

허당이 주문서를 받아 들고 빙긋이 웃었다. 그 책들이 모두 곳간 안에 있기 때문이었다.

"주문 폭주네유. 하우두유두!"

"아임 투 하우두유두!"

허우도 따라 한 마디 따라 하고 깔깔 웃었다. 아래층에서 그 소리를 듣고 하필이 꽥 소리를 질렀다.

"하우 하우 허지 마!" (계속 14집)

심혁창

경기 안성 출생
「아동문학세상」 등단, 장편동화 「투명구두」, 「어린
공주」 외 50권, 한국문인협회, 사)한국아동청소년
문학협회 회원, 한국크리스천문학상, 국방부장관상,
아름다운글 문학상 수상,
도서출판 한글 대표

홀로코스트 (13)

엘리위젤은 있는 힘을 다하여 37번 막사로 달려갔다. 도중에서 아버지를 만났다. 아버지도 아들을 찾아오는 길이었다.

"어때? 통과됐니?"

"예, 아버진요?"

"나도."

그제야 부자는 안도의 숨을 내쉴 수 있었다. 아버지는 빵 한 개를 선물로 가지고 왔다. 그 빵은 작업장에서 주은 고무조각과 바꾼 것으로 그 고무조각은 구두 한 짝에 밑창을 댈 수 있을 정도였다고 했다.

다시 벨이 울렸다. 벌써 취침시간이 된 것이다. 부자는 헤어져야 했다. 모든 것이 벨소리에 의해 통제되었다. 벨소리가 갖가지 명령을 내렸고 재소자는 거기에 기계적으로 복종했다. 그 벨소리가 싫었다. 그래서 그는 보다 나은 세상을 꿈꿀 때마다 벨이 없는 세상을 상상할 수밖에 없었다.

며칠이 지났다. 모두는 벌써 추려낸 일을 잊어버리고 있었다. 모두는 평소와 같이 작업장으로 나가 무거운 돌멩이를 열차에 싣는 일을 계속했다. 한 가지 달라진 것이 있다면, 식사가 훨씬 형편없어졌다는 것이었다. 모두는 여느 날과 같이 먼동이 트기 전에 자리에서 일어났다. 그리고 블랙커피와 빵을 받아먹었다. 평소와 같이 작업장으로 막 출발하려는데 내무반장이 달려왔다.

"잠깐, 조용들 해! 명단을 가지고 왔으니 여러분에게 읽어주겠다. 내가 부르는 번호를 가진 사람은 오늘 아침에 작업장에 나가지 말고 수용소 안에서 대기해 주기 바란다."

그러고는 부드러운 음성으로 10여 명의 번호를 불렀다. 모두는 알아차렸다. 그 번호들은 추려낼 때 적힌 번호였다. 멩겔레 박사는 잊어버리지 않았던 것이다.

내무반장은 자기 방으로 발길을 돌렸다. 호명 재소자 열 명이 그의 옷을 붙잡고 늘어지며 그를 둘러쌌다.

"우리를 구해 주십시오. 당신이 약속하지 않았습니까……. 우리는 작업장에 나가고 싶습니다. 일하기에 충분할 만큼 건강하다구요. 우리는 훌륭한 일꾼입니다. 할 수 있어요, 하겠어요."

반장은 그들을 진정시키려고 애를 썼다. 수용소 안에서 대기하라는 것은 별다른 뜻이 있는 것이 아니며, 어떤 비극적인 운명을 뜻하는 것도 아니라고 설명하면서 그들을 안심시키려고 했다.

"나 역시 날마다 수용소 안에 남아 있지만, 이렇게 아무 일도 없지 않아?"

그는 이렇게 덧붙였지만 그의 논리는 설득력이 약했

다. 그는 이미 모든 걸 알고 있었다. 그는 더 이상 별다른 말을 하지 않고 자기 방으로 들어가 버렸다. 곧 벨이 울렸다.

"정렬!"

이제, 작업이 힘들다는 것 따위는 문제가 되지 않았다. 무엇보다도 중요한 것은 되도록 막사로부터, 죽음의 도가니로부터, 그리고 지옥의 중심으로부터 멀리 떨어져 있는 일이었다.

엘리위젤은 아버지가 달려오는 것을 보았다. 그 모습을 보다가 갑자기 공포에 휩싸였다.

"웬일이세요?"

아버지는 숨이 차서 제대로 말을 잇지 못했다.

"나도, 나도……. 수용소에 남아 있으라고 하는구나!"

그들은 아버지가 눈치 채지 못하는 사이에 아버지의 번호를 적었던 것이다.

"그럼 어떻게 될까요?"

엘리위젤은 괴로워하며 물었다. 그러나 오히려 아버지 쪽에서 아들을 안심시키려고 했다.

"아직 확정된 것은 아니다. 모면할 기회는 있을 게야. 오늘 또 한 번 추려내는 일이 있단다……. 마지막으로 추려낸다는구나."

엘리위젤은 잠자코 있었다. 아버지는 시간이 없다고 생각하고 빠르게 말했다. 하고 싶은 이야기가 많은 듯

했다. 그래서 점점 말의 두서가 없어지고 목까지 메었다. 아버지는 아들이 곧 돌아가야 한다는 것도 알고 있었다. 아버지는 홀로, 오로지 홀로 외롭게 수용소 안에 남아 있어야 했던 것이다.

"자, 이 칼을 받으렴."

그리고 이어 말했다.

"내겐 더 이상 필요 없는 물건이지만 너에겐 필요한 게야. 그리고 이 숟가락도 받으렴. 하지만 팔아먹어선 안 된다. 어서 받아! 내가 너에게 주는 것이니 받으라니까!"

그것은 일종의 유산이었다.

"아버지, 그런 말씀은 마세요."

엘리위젤은 금방이라도 울음을 터뜨릴 것만 같았다.

"그런 말씀은 절대로 듣고 싶지 않아요. 숟가락과 칼은 그냥 가지고 계세요. 제게 필요한 만큼이나 아버지께도 필요한 물건이니까요. 오늘 저녁 일이 끝난 후에 우리는 다시 만나게 될 거예요."

아버지는 절망에 싸인 지친 눈길로 아들을 바라보며 내민 물건을 거두지 않았다.

"이건 너한테 부탁하는 거다. 어서 받아라. 얘야, 아비 말을 들어라. 시간이 없어. 이 아비의 부탁대로 하렴."

이때 막사 간수가 출발해야 한다고 고함을 질렀다. 작업반은 수용소 정문을 향하여 출발했다. 왼발, 오른

발! 엘리위젤은 입술을 깨물었다. 아버지는 벽에 등을 기대고 막사 옆에 서 있었다. 그러더니 엘리위젤을 따라잡기 위해 뛰어오기 시작했다. 아마 무엇인가 하고 싶은 말을 잊었던 모양이었다.

그러나 모두는 너무나 빠르게 행군하고 있었다.

왼발, 오른발!

모두는 벌써 정문에 당도해 있었다. 친위대원들이 귀가 멍멍하게 울리고 있는 군악대 소리에 대항이라도 하듯이 큰소리로 인원 파악을 했다. 그리고 모두가 밖으로 나왔다. 아버지 생각에 엘리위젤은 온종일 몽유병자처럼 배회했다.

살아 있다는 기쁨

가끔 티비와 요시가 다정한 말을 던져주곤 했다. 간수 역시 엘리위젤에게 용기를 북돋아 주려고 애를 썼다. 오늘 따라 그에게는 한결 쉬운 일을 맡기는 것이었다.

엘리위젤은 가슴이 미어실 듯했다. 모두들 얼마나 끔찍이 생각해 주는가! 마치 고아라도 된 것처럼! 지금 이 순간까지도 아버지는 여전히 그를 도와주고 있다는 생각이 들었다.

엘리위젤은 그 날 하루가 빨리 지나가기만을 바라야 할지, 아니면 그러지 않기를 바라야 할지 도저히 종잡을 수가 없었다. 그는 그 날 밤 아버지 없이 이 세상에 혼자 남게 될까봐 얼마나 두려워했는지 모른다. 차라리 작업장에서 당장 죽어버린다면 얼마나 좋을까!

마침내 모두는 귀로에 올랐다. 뛰어가라고 명령해 주었으면 하고 얼마나 갈망했는지 모른다!

군대행진곡. 수용소 정문

엘리위젤은 수용소 구내에 당도하자마자 36번 막사로 달려갔다. 이 세상에서 아직도 기적이라는 것이 있었단 말인가? 아버지는 살아 있었다. 아버지는 두 번째 추려내기에서 죽음을 면했던 것이다. 아직도 쓸모 있는 존재임을 그들에게 입증해 보였던 것이다. 엘리위젤은 아버지에게 칼과 숟가락을 되돌려드렸다.

아키바 드루머는 희생자로 선택되어 모두의 곁을 떠났다. 요즈음 그는 흐려진 눈빛으로 우리들 사이를 돌아다니면서 "난 이제 더 이상 견딜 수 없어. 모든 게 끝났어."라고 자신의 신체적인 허약함을 이야기하곤 했었다.

그의 사기를 북돋아주는 것은 불가능했다. 그는 누가 그에게 하는 말을 귀담아 듣지도 않았다. 그는 다만, 자기에게는 모든 것이 끝나버렸다는 것, 이제는 더 이상 투쟁할 힘도 없다는 것, 그리고 어떠한 신앙도 남아 있지 않다는 것만을 되풀이할 따름이었다.

마침내 갑작스럽게 휑한 그의 두 눈동자는 한갓 밖으로 드러난 두 개의 상처, 소름끼치는 두 개의 움푹한

구멍일 뿐이었다.

신체가 허약한 사람들을 골라내는 일이 계속되는 동안에 신앙을 잃어버린 사람은 아키바 드루머 한 사람뿐만이 아니었다. 폴란드의 조그만 읍에서 온 랍비 한 사람이 있었다. 그는 허리가 구부정한 노인으로 노상 입술을 떨고 있었다. 그에게는 언제 어디서나 노상 기도하는 습관이 있었다.

막사에서는 말할 것도 없고, 작업장에서나 어디서나 늘 기도를 했다. 그는 '탈무드'의 전문을 암송하며 혼자서 논의하고 자문자답하곤 했다. 그러던 어느 날 엘리 위젤에게 말했다.

"끝이야, 하나님은 이미 우리와 함께 계시지 않아."

그리고 바로 그런 말을 한 걸 후회하는 듯 차갑고 냉랭하게 잘라 말하는 것이었다.

"나도 알고 있었다. 인간에겐 그런 말을 할 권리가 없다는 걸 나도 알고 있어. 인간이란 너무나 옹졸하며 너무나 보잘 것 없고 하찮은 존재이기 때문에 하나님의 신비스러운 방법을 이해할 수 없는 거야. 그러니 난들 무얼 할 수 있겠니? 나는 선택받은 현인도 아니고 성인도 아니야. 나 역시 살과 피로 된 평범한 피조물에 불과하지. 나에게도 눈이 있으므로 여기에서 저들이 저지르고 있는 일들을 볼 수가 있지. 하나님의 자비가 어디 있단 말이니? 하나님이 어디 있단 말이니? 내가 어떻게 자비로운 하나님을 믿을 수 있으며, 어느 누구인들 하나님을 믿을 수 있겠나?"

불쌍한 아키바 드루머, 만일 그가 하나님을 계속 믿을 수 있었던들, 만일 그가 이 골고다 땅에서 하나님의 증거를 직접 볼 수 있었던들, 그는 저들의 선택에서 벗어날 수 있었을 것이다. 그러나 그의 신앙에 틈이 생기고 있다고 처음으로 느끼는 순간, 그는 이내 투쟁할 명분을 잃어버리고 죽어가기 시작했던 것이다.

저들이 선택하는 때가 다가왔을 때, 그는 저들의 사형집행자에게 스스로 목을 바침으로써 미리 유죄선고를 자청한 것이다. 그가 우리에게 부탁한 것은 다음의 말이 전부였다.

"3일 후에 나는 벌써 이 세상에 있지 않을 것이오…… 나를 위해 카디쉬를 바쳐주오"

모두는 그에게 약속했다. 3일이 지난 후에 굴뚝에서 연기가 피어오르면 모두는 그를 생각할 것이며, 십여 명이 모여 특별예배도 드릴 것이고 모든 친구들이 그를 위해 카디쉬를 바칠 것이라고

그러자 그는 한결 침착한 발걸음으로 뒤를 돌아봄도 없이 병원 막사를 향해 걸어갔다. 거기에는 그를 비르케나우로 싣고 갈 구급차 한 대가 기다리고 있었다.

(14호에 계속)

겸양(謙讓)과 인격의 완성

종교적인 의문은 누구에게든지 석연하게 밝혀져야 하고 종교상의 모든 법칙의 수립과 적용도 마찬가지이다. 그럼에도 불구하고 그런 문제를 의문의 석명(釋明)과 법칙의 수립을 위해 애쓰는 사람에게만 맡겨 버리는 사람이 있다.

어떤 사람이든 모든 의문에 대하여 절대적으로, 그리고 결정적으로 알고 있는 일이라면 어찌하여 애쓸 필요가 있는가? 그런 사람들은 단지 자신은 만족과 안락 속에서 일생 동안 달콤한 꿈만 좇으면서 빈들빈들 살고 싶어하는 인간들이다.

지혜에 대한 노력은 이렇듯 어리석은 인간을 구하려는 나머지 사람들만으로는 항상 부족할 수밖에 없으며 본질적인 비흡을 안고 있다. 종교상의 독난주의가 남겨 놓은 멍에의 흔적이 오랫동안 우리들의 목에 남아 있음을 나는 두려워한다. — 밀턴

인간이 스스로 도덕적인 의무를 거부한 때부터,--자신의 마음속의 소리에 의하여서가 아니라 어떤 계급이

나 동료의 이익에 의하여 자신의 의무를 한정하게 된
때부터,-- 자기는 수천만이라는 인간들 중의 하나에 지
나지 않는다는 이유로 한 인간으로서의 자신의 의무를
저버릴 때부터-- 그 순간 그는 도덕성을 잃어버린 인간
이 된다. 그때부터 그는 오직 신만이 이룰 수 있는 것
을 인간에게 기대하는 자가 된다. 그때부터는 그는 신
의 힘이 있는 곳에 인간의 천박한 지혜라는 쓸모 없는
무기를 두는 자가 된다.─채닝

　무릇 모든 사람들은 어린이와 같아야 한다. 어린이는
유모에게서 배운 진실을 어겨서는 안 되는 것으로 알고
선생에게서 배운 것, 그리고 차차 자라남에 따라서 알
게 되는 여러 사람들이 가르친 교훈을 어겨서는 안 된
다고 생각하게 된다.
　사람은 어째서 그토록 많은 고난을 무릅쓰고 그것을
지키려고 애쓰는가? 그러나 자신이 이들 선인이 서 있
던 단계에까지 이르러 그 진실의 뜻을 이해할 만한 때
가 되면 환멸은 매우 크고, 그로 말미암아 그들에게 들
은 이야기의 모든 것을 잊어버리고 싶은 생각이 들게
된다.─에머슨

가짜 예언자를 조심하라. 그들은 양의 탈을 쓰고 너희에게 가까이 오지만 속은 탐욕스러운 늑대와 같다. 열매를 보고 그들을 분간하라. 가시덤불에서 포도 열매를 딸 수 있는가? 우엉에서 무화과 열매를 딸 수 있는가? 이렇듯 온갖 좋은 나무는 좋은 열매를 맺고 나쁜 나무는 나쁜 열매를 맺는 것이다. 좋은 나무가 나쁜 열매를 맺을 수 없거니와 나쁜 나무가 좋은 열매를 맺을 수 없다. 그 맺은 열매로 그 나무를 판단해야 한다.

인간은 과거의 성현이 후대에 끼친 선물을 이용할 수는 있다. 그러나 그 선물을 검토하여 취하고 혹은 버려야 하는 것은 스스로의 판단에 따라 할 일이다. 그렇게 함으로 사람은 세계와 하나님에 대한 자기와의 관계를 스스로 확립할 수 있다.

신과 그 말씀에 순종하라. 그리고 자신을 큰 질서 속에 있게 하라. 겸손한 태도로 이 세상의 혼란을 풀고 다스리는 신에게 자신을 맡겨라. 때로는 파멸이, 때로는 회생(回生)도 오게 하라. 와야 할 것은 오고 말 것이다. 그런 연후에 오는 것이 은혜이다. 인생의 도리에는 모든 것들의 선을 믿는 것, 그 이상으로 필요한 것이

없다.—아미엘

종교에는 선인(善人)을 만드는 것 이상으로 더 높은 목적이 있다. 종교에는 이미 선인이 존재하고 있다. 그러므로 종교의 중요한 목적은 이 선인을 더 높은 이해의 단계까지 끌어올리는 데 있다.—레싱

평화에는 두 가지가 있다. 그 하나는 소극적 평화인데 그것은 단지 사람을 고달프게 하는 소란이 없어진 것에 불과하다. 그것은 싸움이 있은 뒤에 오는 평온이며 폭풍이 지나간 뒤의 평온일 뿐이다. 또 다른 하나의 평화가 있는데 이것은 더욱 완전한 정신의 평화이다. 이 평화는 모든 것을 이해한 신과 같은 평화로 실로 '신의 나라가 내 속에 있도다.'라고 부르짖을 수 있는 평화이다. 이 같은 정신의 평화는 우리에게 종교를 부여한다. 이것은 신과 우주와의 의미에서 합일이며, 모든 존재와의 사랑의 결합이며, 욕망과 이익을 희생하는 지혜이며, 우주의 정신과 삶에 참여이며, 끝없는 원천이 있는 근원과의 조화이다. 행복은 이와 같은 평화 속에만 깃들일 수 있다.—찬닝

벗이여! 무엇 때문에 존재의 신비에 대하여 속을 썩이는가? 행복하게 살라. 시간을 기쁨으로 채워라. 죽음에 임해서는 아무도 그대에게 왜 이 세상이 이렇게 되어 있는가라고 묻는 사람은 없을 것이다.

아침을 보라. 젊은이여, 일어나라! 그리하여 새벽의 기쁨을 호흡하라. 언젠가 때가 오면 이 허망한 세상에서 우리를 그토록 놀라게 하던 인생의 이 한 순간을 그대가 아무리 찾아도 얻을 수 없게 되리라. 아침은 어둠의 장막을 벗겼다. 그렇다고 무엇을 탓할 수 있겠는가. 일어나라, 아침을 노래하자. 아침은 이미 우리의 호흡이 끊어졌을 때에도 힘차게 숨 쉬고 있을 것이다.

이런 말을 한다. 즉 최후의 날이 오면 대심판이 열리고 선하신 신께서 대노하신다고. 그러나 선(善) 그 자체에서는 선 이외의 아무것도 나올 수 없다. 두려워할 것 없다.

최후의 날은 기쁨으로 가득 채우리라. 신앙의 차이로 말미암아 인류는 72종의 민족으로 나뉘어 있다.─ 그들의 모든 독단 중에서 나는 오직 하나의 것, 즉 하나님의 사랑을 택했다.─페르시아의 케이얌

신과 인류의 사랑

"랍비여, 법 중에 가장 큰 법은 무엇입니까?" 하고 물으니 "네 마음을 다하며 목숨을 다하며 힘을 다하며 뜻을 다하여 주 너의 하나님을 사랑하고 또한 네 이웃을 네 몸과 같이 사랑하라. 이것이 첫째 되는 가장 큰 법이다. 둘째 법도 이와 같다. 이웃 사랑하기를 너 자신을 사랑함과 같이 하라. 이 두 가지 명령 위에 모든 예언자들은 신의 법을 증거했느니라."라고 대답하셨다.

모든 인간은 자신의 생각만으로 존재하거나 독단적인 자신만으로 사는 것이 아니라 사람과 사람 사이에서 함께 그리고 사랑이 있는 곳에서 더불어 산다. 그래서 하나님은 한 사람에게 소용되는 것을 계시하지 않으시며 모든 사람의 필요와 모두에 관계되는 것을 계시하신다.

사람은 자신이 번뇌와 삶의 노고로 살고 있다고 생각한다. 그러나 실은 사랑으로 살고 있는 것이다. 사랑 속에 살아가는 사람은 하나님의 보호 안에 사는 사람이며 하나님도 그 사람 속에 존재하신다. 왜냐하면 하나님은 곧 사랑이기 때문이다.

인간은 사랑에 의하여 살아간다. 자신에 대한 사랑은 죽음의 시작이고, 신과 인류에 대한 사랑은 삶의 시작이다.

사람이 그 형제를 용서할 수 없다면 그는 형제를 사랑하고 있지 않다는 말이다. 참된 사랑은 무한한 것이며 그것이 참된 사랑이라면 용서할 수 없는 어떠한 모욕도 없다.

하나님은 사랑이다. 그 사랑 속에 사는 사람은 하나님 안에 살아가는 셈이다. 그러면 하나님도 그의 속에 계신다. 그 누구도 하나님을 본 사람은 없다. 우리가 서로 사랑한다면 하나님은 우리 속에 계실 것이며 하나님의 사랑이 우리 속에서 완성된다. '나는 하나님을 사랑하나 형제는 미워한다'라고 말하는 사람은 거짓을 말하는 것이다. 왜냐하면 눈앞에 보이는 형제를 사랑할 수 없는 사람이 어찌 눈에 보이지 않는 하나님을 사랑할 수 있겠는가? 형제여, 서로 사랑하자! 사랑하는 사람은 하나님으로부터 생겨난 사람이며 신을 아는 사람이다. 신은 사랑이기 때문에 사랑하며 사는 사람은 하나님 안에 사는 자이며 신도 그의 속에서 사신다.—성경

사랑은 인생 최초의 근본이 아니라 사랑은 그 마지

막 것이다. 사랑은 원인이 아니라 그 원인이 자신 속에서 신의 정신을 의식하게 하는 것이다. 이 자의식(自意識)이 사랑을 요구하며 또 사랑을 낳는 것이다.

자기 마음에 드는 것만을 사랑하는 것은 하나님을 사랑하는 것도 아니며 사람을 사랑하는 것도 아니다. 참된 사랑은 노력 안에서 얻어진다. 그대가 사귀고 있는 사람도 그대가 그대 자신을 사랑하고 있음과 똑같이 그도 그 자신을 사랑하고 있음을 생각하라. 그러면 그에게 어떻게 해야 할 것인가를 알게 되리라.

김홍성

여의도순복음교회 22년 시무
기독교하나님의 성회 교단총무
현) 상록에벤에셀교회 담임목사

다산 정약용의 일대기(1762 ~ 1836)

최강일

정약용은 조선후기 실학자로 경세유표, 목민심서, 여유당전서 등 600여 권의 저서를 남기신 대학자로 18세기 실학사상을 집대성한 실학자이며 개혁가였다. 여러 저서를 통해서 부국강병책을 주장하였다. 자기시대의 문제점을 정확히 파악하고 그에 대한 개혁방향을 제시하였다. 시대를 잘못 만나 천주교 탄압을 빌미로 반대파가 귀양을 보내며 탄압하는 시대에서 희생양이 되었지만, 그것이 정약용으로 하여금 최고의 실학자가 되는 밑거름이 되기도 했다. 귀양살이를 하게 되는 정치적 탄압까지도 학문에 전념하라는 하늘의 뜻으로 받아들여 학문적 업적을 이루는 인내와 성실로 귀한 업적을 거둔다. 그의 방대한 서적활동은 평생 동안 중단 없이 계속되었다.

그는 1762년 경기도 광주군 마현에서 진주목사 벼슬을 지낸 정재원의 5남 중 4남으로 태어난다. 15세 때 서울 회현동 풍산 홍씨 가문의 규수와 결혼한다. 22세에 초시에 합격하고, 28세에 대과에서 2등으로 합격하여 정조의 관심을 끌게 된다. 차츰 승진하여 부승지, 참의 벼슬에 오른다. 그는 당시의 왕정시대에서도 주민자치가 실현되기를 소원했던 인물이었다. 1800년 정조가 49세로 갑자기 승하하자, 1801년 순조원년에 신유사화가 일어나며 주변인물들이 참화를 당하게 된다. 천주교 신자로 알려진 형 정약종은 참수를 당하고 만다.

그의 장인은 무인으로 병마절도사, 승지를 역임한 사람으로 부인 홍씨는 그의 외동딸이었다. 초급 관리시절부터 약 18년간은 처가의 도움으로 의식주를 해결하는 생활을 한다. 그의 모친은 해남윤씨 고산 윤선도의 집안으로 윤두서의 손녀딸이다. 그가 강진에서 유배생활을 할 때 외가의 도움을 받는다. 그러나 9세 때 모친이 서거하여 어렵게 성장한다. 33세 때 경기지역 암행어사로 활동하기도 하고, 35세 때는 좌부승지가 되고 38세 때는 형조참의가 되지만 얼마 후 사직하게 된다. 적극적 지지자였던 채제공과 정조 사후에 사간원에 의해 반대파의 투서로 투옥되면서 그의 일생의 유배생활이 시작되고 만다.

그는 강진으로 유배되고 형 약전은 소흑산도로 유배되면서 정씨가문의 비극적 상황이 시작된다. 노론 벽파가 정순왕후를 등에 업고 남인과 노론 시파를 공격하면서 대거 유배상황이 생긴 것이다. 조선시대에서만도 강진에 귀양 간 사람들이 90여명에 이른다고 한다. 호송관이 압송해서 강진 현감에게 유배자를 넘기면 현감은 유배자들을 감시하면서도 호구대책을 세워주지 않고 당사자들이 동냥을 하든, 서생노릇을 하든, 품팔이를 하든, 스스로 호구대책을 세우는 것이 당시의 관행이었다. 정약용의 경우에 큰형 약현은 벼슬을 하지 않아 재산이 별로 없었고, 작은형 정약전은 흑산도로 같이 유배를 왔고, 셋째 형 약종은 천주교신자로 잡혀서 처형되었고, 동생 약횡은 벼슬길에 오르지 못해 가세가 빈곤했다. 그러니 집에서 경제적 도움을 줄 형편이 안 되었던 것이다.

강진의 동문 매반가에서 처음 4년을 지내면서는 좁은 방에 살면서도 집주인 표씨의 딸의 보살핌으로 어렵게 지내다가, 다음 2년간은 사찰인 보은 산방에서 혜장스님의 도움으로 시내면서 주역연구와 집필을 시작하게 된다. 그 후 제자 이학래가 스승을 자기 집으로 모시고 가 3년간 같이 지내게 된다. 이후 해남 윤씨 가문의 다산초옥으로 옮겨가 그곳에서 윤씨 가문의 자제들과 주변 양반가의 자제들을 교육시키며 본격적인 연구와 저술활동을 이어가게 된다. 외가인 해남윤씨 가문의

학문적 보고 덕분에 마음껏 귀한 책들을 보면서 연구와 저술활동으로 실학연구의 집대성이 가능했던 것이다. 다산초당에서는 제자들 18명을 가르치면서 장서 2000여 권의 책을 활용하면서 저서 600여 권의 산실로 이용되었던 것이다.

1818년 드디어 다산의 유배가 풀리면서 고향에 가게 된다. 그간 모은 책과 저술한 책 600여 권과 필사본 자료 등 3000여 권의 책을 소달구지에 싣고 고향으로 가게 된다. 두 아들이 부친을 모시고 12일 만에 고향에 가지만 18년간 가장이 없던 가세는 형편없이 기울어 끼니를 걱정할 정도였다. 그래서 뽕나무를 심고, 농사를 직접 지으면서, 인삼을 재배하여 내다 팔면서 노력한 결과 귀향 후 9년 만에 경제적 어려움에서 드디어 벗어나게 된다. 조정에서는 효명세자가 4년의 치세를 마치자 다시 김조순 일파가 정권을 장악해서 안동김씨 60년의 부패정권이 이어지고 있었다.

1836년 2월 19일 부인 홍씨는 사흘 후 결혼 60주년인 회혼식 날 아침에 남편이 자신 곁을 떠나리라고는 상상도 못했다. 지금까지 삶으로 볼 때 그렇게 쉽게 갈 사람이 아니라고 믿었다. 남편은 불편한 몸을 일으켜 부인과 마주앉았다. 두 사람의 눈에 눈물이 고였다. 붓을 들어 떨리는 손으로 간신이 시를 썼다. 시를 다 쓴 다산은 부인의 손을 꼭 잡았다. 마치 다시는 놓지 않을 것처럼.

"60년 풍상의 바퀴, 눈 깜짝할 새 굴러왔지만, 복사꽃 화사한 봄빛은 신혼 때와 같네. 살아 이별, 죽어 이별이 죽음을 재촉하나, 슬픔 짧고 즐거움 길었으니 임금님 은혜겠지. 오늘 밤 뜻 맞는 대화가 새삼 즐겁고, 그 옛날 붉은 치마엔 먹 흔적이 남아 있네. 나눠졌다 다시 합해진 내 모습 같은 술잔 두 개 남겨두었다가 자손에게 물려주려네." 라고 회혼시를 남겼다.

사람의 운세는 아무도 모르는 일이었다. 한 많은 삶의 인생을 다산은 이렇게 마치고 말았다. 그의 평생의 노력은 엄청난 결실을 맺어 두고두고 후진들에게 가르침을 주고 있다. (1836년 74세로 별세)

최강일

「한국크리스천문학」, 수필등단, 한국크리스천문학기협회 회원, 고려대학교 영어영문학과 졸업, 남강고등학교 교사로 정년퇴임, 옥조근정훈장 대통령표창 수상

보릿고개

〈1〉

조선 영조 때 서울 정동에 고려 말 충신 이색의 14대손 이사관(李思觀 1705~1776)이 살고 있었다.

승정원 동부승지 벼슬을 하다 물러나 한가한 생활을 하던 그는 급한 볼일이 생겨 고향인 충청도 한산을 가게 되었다.

갑자기 몰아치는 눈보라에 눈을 뜰 수 없을 지경이었는데 예산 근처에 이르렀을 때는 유난히 기온이 떨어져 얼어 죽을 지경이었다.

눈을 헤치며 걸음을 재촉하던 이사관이 어느 산모퉁이를 돌다 보니 다 해진 갓에 입성마저 추레한 한 선비가 서 있고 그 옆에는 부인인 듯한 젊은 여인이 무언가를 끌어안고 쪼그려 앉아 있었다. 이사관이 다가가 보니 놀랍게도 아기 울음소리가 들렸다. 이사관이

"뉘신지 모르겠으나 여기서 왜 이러고 계시오?"

하고 물으니 추레한 선비가 안절부절못하며,

"아내가 해산일이 가까워 처가에 데리고 가려고 나섰는데 그만 여기서 몸을 풀었지 뭡니까. 이런 날씨에 이런 일을 당하고 보니 어찌 해야 할 바를 모르겠고,

이 혹한에 산모와 어린것이 생명을 부지할지 모르겠구
려! 아이고 이를 어쩌오?"

그러면서 발을 동동 구르며 애를 태웠다. 이사관은

"아이구! 저런! 큰일이구려!"

하고 자기가 입고 있던 값비싼 양털 가죽옷을 벗어
아기와 산모에게 덮어주고 그들을 데리고 마을을 찾아
갔다.

어느 마을에 도착하여 급한 대로 방 한 칸을 빌리고
집주인에게 두둑이 돈을 주고 산모의 방에 군불을 뜨겁
게 지피도록 하고 미역국을 끓여 산모의 허기를 면하도
록 해주었다. 가난한 선비는 눈물을 흘리며 이사관의
손을 잡고

"노형께서 도와주시지 않았다면 아내와 어린 것이
큰일을 당할 뻔 했습니다. 이 큰 은혜를 어떻게 갚아드
려야 할지 모르겠습니다."라고 했다.

"남의 곤경을 보고 그냥 지나치는 사람이 어디 있겠
소. 아무쪼록 가시는 데까지 무사히 가시구려!"

이사관이 떠나려 하자 정중히 이름을 물었다.

"정동에 사는 이사관이라고 하오."

이후 이사관은 그 일을 잊어버렸지만 가난한 선비는
가슴속 깊이 이사관 이름을 새겨 넣었다. 가난한 선비
는 몰락한 양반가 자손 충청도 면천의 생원 김한구(金漢

蕎, 1723~1769)였다.

　그로부터 십 수년의 세월이 흘렀다.　김한구는 여전히 '똥구멍이 찢어지게' 가난한 상태를 벗어나지 못하고　있었다. 가난에 견디다 못해 먼 친척 아저씨뻘 되는 당시의 세도 좋은 재상 김흥경에게 의지하려 길을 나섰다.

　김흥경은 친척 조카뻘 되는 김한구를 딱하게 여겨 이따금 쌀가마니 정도를 도와주곤 해서 겨우 연명하며 서울 생활을 견딜 수 있었고 가끔 아저씨 사랑방을 찾아가 놀다 오곤 했다.

　마침 김흥경의 생일날 이 집의 사랑방에는 찾아온 축하객들이 아침부터 북적거렸다. 대부분 높은 벼슬아치거나 신분이 쟁쟁한 사람들이었는데 그 속에 김한구도 한쪽 구석에 여전히 초라한 모습으로 끼어 있었다.

　그 자리에는 관상을 잘 보는 것으로 장안에 유명한 문객도 섞여 있었는데 문득 주인대감 김흥경이 심심파적으로 말했다.

　"여보게, 음식이 들어올 때까지 여기 계신 대감들의 신수나 보아드리게."

　문객이 이 사람 저 사람 관상을 보아주었을 때 김흥경이 웃으며 말했다.

　"여보게, 저기 윗목에 앉아있는 김생원은 내 조카뻘

되는 사람인데 언제쯤이나 사는 형편이 나아질지 보아주게나."

그 말을 들은 문객은 김한구의 얼굴을 한참 쳐다보더니 별안간 자리에서 일어나 공손히 큰절을 하고 말했다.

"생원님의 고생은 이제 다 끝났습니다. 오늘부터 좋은 일이 시작되어 불과 10여일 안으로 대단한 벼슬 운이 트일 겁니다."

이 말을 들은 방안의 사람들은 웃음을 터트렸다. 아무리 사람 팔자는 모른다는 말이 있지만 기적이 생기지 않는 한, 가난의 때가 쪼르르 흐르는 보잘 것 없는 선비가 열흘 안에 높은 벼슬을 받게 된다는 것은 말이 안 되기 때문이었다.

더군다나 이때는 나라에서 과거를 보는 시기도 아니며 설사 과거에 갑자기 급제한다 해도 미관말직에서 벼슬이 시작되는 것이서 높은 지위를 부여받는 길은 없기 때문이었다.

사람들이 드러내놓고 조롱하며 웃음을 터트리자 문객은 정색을 하고 말했다.

"지금은 모두들 웃으시지만 며칠만 두고 보십시오. 여러 대감님들도 생원님께 절을 올려야 하는 처지가 되실 겁니다."

나중에 문객이 한 이 말은   지나친 감이 없지 않았다.   때문에 가벼운 농담 정도로 생각하던 대신들이 웃음을 거두었을 뿐만 아니라 불쾌한 기색을 감추지 못했는데 주인대감 김흥경이 다른 쪽으로 화제를 돌리고 마침 잔칫상이 들어오는 바람에 분위기가 겨우 수습되었지만,   당사자인 김한구는 당황해서 어쩔 줄 몰라 했고, 음식도 못 얻어먹고, 황급히 자리를 떠야 했다. 자기 때문에 분위기가 망쳐질 것이 뻔했기 때문이다.

"에이 참! 오늘 재수가 없으려니 그 점쟁이가 미쳤나? 왜 그런 당치도 않은 소리를 해서 사람을 난처하게 만드나? 오랜만에 주린 뱃속에 고기 구경 좀 시켜주려 했더니 그놈 때문에 다 그르치고 말았네!"

투덜거리며 집에 돌아와 보니 생각지도 않았던 일이 기다리고 있었다.   금년 들어 열여섯 살인 딸이 왕비 간택의 대상으로 뽑혀 대궐에 들어가게 되었다는 것이었다.

이 아이가 지난날 눈이 쏟아지던 길바닥에서 태어나 이사관의 도움으로 생명을 건진 그 아기였다.   아이가 용모가 뛰어나고 총명했기에 은근히 부잣집에 시집보내 그 덕을 좀 보려는 욕심도 있던 김한구였다.

당시 영조는 이미 예순 다섯이었으나 정정했고 늘그막에 중전인 정성왕후가 세상을 떠나는 바람에 나라의 법도상, 국모자리를 비워둘 수 없어 영조는 대신들의 건의를 받아들여 간택령을 내리게 된 것이었고, 가난하지만 뼈대 있는 가문이었던 김한구의 딸도 후보자 중 한 명이 되었던 것이었다.

간택일이 되자 백여 명의 후보 규수들이 대궐로 모였고, 영조가 친히 접견하여 그 중 한 명을 선택 하였다. 김한구의 딸의 미모에 혹한 영조가 그녀의 사주단자를 자세히 들여다보고는

"면천 태생인 김선비의 여식이라 애비는 김한구, 본관은 경주, 조상은 효종 때 바른 말 잘하기로 소문난 유명한 김홍욱이란 말이지 흠! 이만하면 문벌도 괜찮구나!"

결국 간택을 받게 되었다. 김한구는 문객의 예언대로 정일품 보국승록대부 오흥부원군의 작위를 받았고 신분이 하늘처럼 높아져 금위대장 병부까지 하게 되었으며 아들과 아우까지 벼슬을 얻었다. 오두막살이에서 1백여 칸의 고래등 같은 집으로 옮겨 살게 되고, 죽마저 끼니 때우기 어려운 생활에서 초호화판 생활로 갑자기 바뀌었다. 문객의 말이 제대로 맞은 것이다.

김한구는 옛일을 잊지 않고 딸에게 청을 넣어 은인인 이사관을 호조판서에 앉게 하였고, 그는 영조 48년 (1772년)에 우의정에 이어서 좌의정에 올랐다.

옛날 베푼 은혜가 큰 복이 되어 돌아온 셈이다. 김한구는 은인에게 제대로 된 보은을 하게 된 셈이었다. 이래서 세상일은 아무도 모른다는 말이 있는 듯하다.

〈2〉

조선 영조 35년 왕후가 세상을 뜬지 3년이 되어 새로 왕후를 뽑고자 하였다. 온 나라에서 예쁘고 총명하고 지혜로운 처녀 20명이 뽑혀 간택 시험을 치르게 되었다. 이 중에 서울 남산골 김한구의 열 다섯 살 난 딸도 있었다. 드디어 간택시험이 시작되었다.

자리에 앉으라는 임금의 분부에 따라 처녀들은 자기 아버지의 이름이 적힌 방석을 찾아 앉았다. 그런데 김씨 처녀만은 방석을 살짝 밀어 놓고 그 옆에 살포시 앉는 것이었다. 임금이 이상하여 그 이유를 묻자 이렇게 대답했다.

"자식이 어찌 가친 존함이 씌어 있는 방석을 깔고 앉을 수 있으리오까."라고 했다.

임금이 이어 문제를 내기 시작했다.

"이 세상에서 제일 깊은 것은 무엇인가?"

"동해바다이옵니다."

"서해바다이옵니다."

"남해바다이옵니다."

하는데. 김씨 처녀만은

"사람의 마음 속이 제일 깊은 줄로 아옵니다."

"어찌하여 그런고?"

"네, 아무리 바다가 깊다 해도 그 깊이를 잴 수가 있지만 사람의 마음은 그 무엇보다도 깊어 그 깊이를 잴 수가 없사옵니다."

이어 다른 문제를 또 내었는데,

"이 세상에서 무슨 꽃이 제일 좋은고?"

"네, 복사꽃이옵니다."

"모란꽃이옵니다."

"양귀비꽃이옵니다."

그런데 또 김씨 처녀만은

"네, 목화꽃이 제일 좋은 줄로 아뢰옵니다."

"어이하여 그런고?"

"다른 꽃들은 잠깐 피었을 때는 보기가 좋사오나, 목화꽃은 나중에 솜과 천이 되어 많은 사람들을 따뜻하게 감싸주니 그 어찌 제일 좋은 꽃이라 하지 않을 수 있겠습니까."

이어서 세 번째 질문을 하였다.

"이 세상에서 제일 높은 고개는 무슨 고개인고?"

"묘향산 고개지요."

"한라산 고개이옵니다."

"우리 조선에서 백두산 고개가 제일 높지요."

이번에도 김씨 처녀는 또 이렇게 대답을 하였다.

"보릿고개가 제일 높은 고개이옵니다."

"보릿고개는 산의 고개도 아닌데 어이하여 제일 높다 하는고?"

"농사 짓는 농부들은 보리 이삭이 여물기도 전에 묵은 해 식량이 다 떨어지는 때가 살기에 가장 어려운 때입니다. 그래서 보릿고개는 세상에서 가장 넘기 어려운 고개라고 할 수 있지요."

이에 임금은 매우 감탄하였다.

이리하여 김씨 처녀는 그날 간택시험에서 장원으로 뽑혀 15세 나이에 왕후(王后)가 되었는데 그가 바로 '정순왕후'이다.

이렇게 하여 '보릿고개'란 속담이 나오게 되었다고 합니다. ~ 고전에서 옮긴 글. ~

세상만사 생각 나름

제1화 블루오션

사람의 능력은 생각하는 방식에 따라 천양지차로 달라진다. 이스키모한테 냉장고를 팔고 아프리카 원주민들에게 털옷과 신발을 파는 기발한 아이디어를 가진 사람들이 유대인이라고 열려졌다.

일반 사람들이 어렵다고 포기하는 일로 아무도 접근하려 하지 않는 분야를 공격하는 것이 바로 블루오션이라고 한다. 그러데 유대인도 못하는 일을 해낸 사람들이 한국인이다.

1975년 여름 어느 날 박정희 대통령이 정주영 회장을 청와대로 급히 불렀다.

"달러를 벌어들일 좋은 기회가 왔는데 일을 못하겠다는 작자들이 있습니다. 지금 당장 중동을 다녀오십시오. 만약 정 사장도 안 된다고 하면 나도 포기하지요."

"무슨 말씀이십니까?"

"1973년도 석유파동으로 중동국가들이 달러를 주체하지 못하는데 그 돈으로 여러 가지 사회 인프라를 건설하고 싶은데 너무 더운 나라라 선뜻 일하러 가는 나라가 없는 모양입니다. 거기서 우리나라에 알할 의사를 타진해 왔습니다. 관리들을 보냈더니 2주 만에 와서 하는 말이 거기는 너무 더워서 낮에는 일을 할 수 없고 건설공사에 절대적으로 필요한 물이 없어서 공사를 할 수 없는 나라라는 겁니다."

정주영은 간단히 대답했다.

"그래요? 오늘 당장 다녀오겠습니다."

정주영 회장은 5일 만에 다시 청와대에 들어가 대통령을 만났다.

"지성이면 감천이라더니 하늘이 우리나라를 돕는 것 같습니다."

"무슨 얘기요?"

"중동은 이 세상에서 건설공사 하기에 제일 좋은 지역입니다."

"뭐요?"

"1년 12달 비가 오지 않으니 1년 내내 공사를 할 수 있고요."

"또 뭐요?"

"건설에 필요한 모래와 자갈이 현장에 널려 있으니 자재 조달이 쉽고요."

"물은?"

"그거야 기름을 우리나라로 싣고 와서 비우고 갈 때 유조선에 물을 채워 가지고 가면 되지요."

"50도나 되는 더위는?"

"천막을 치고 낮에는 자고 밤에 일하면 되고요."

대통령은 부저를 눌러 비서실장을 불렀다.

"이 회사가 중동에 나가는데 정부가 지원할 수 있는 것은 모두 도와줘!"

정주영 회장 말대로 한국 사람들은 낮에는 자고 밤에는 횃불을 들고 일을 했다. 세계가 놀랐다.

달러가 부족했던 그 시절 30만 명의 일꾼들이 중동으로 몰려나갔고 보잉 747특별기편으로 달러를 싣고 들어왔다. 그래서 우리나라는 제2차 오일파동을 극복할 수 있었다.

제2화 머리빗 판매전략

세상일은 생각에 따라 해결 방식이 달라지는 다른 사례가 있다. 한 회사가 지원자를 상대로 나무머리빗을 스님에게 팔라는 문제를 제안했다.

그러자 대부분의 사람이 머리 한 줌 없는 스님에게 어떻게 파느냐며 모두 포기했다. 그런데 지원자 중 한 사람은 머리 긁는 용도로 1개를 팔았고 다른 사람은 신자들에게 머리를 단정하게 다듬기 위한 비치 용도로

10개를 팔았다.

그런데 한 사람은 천 개를 팔았는데 그는 빗을 머리를 긁거나 용모를 단정히 하는 용도로 팔지 않고 접근 방법이 달랐다.

그가 찾은 곳은 깊은 골짜기에 위치한 유명한 절 주지스님에게 찾아오는 신자들에게 부적과 같은 뜻깊은 선물을 해야 한다며 빗에다 스님의 필체로 '적선소(積善梳선을 쌓는 빗)'를 새겨 주면 더 많은 신자가 찾아올 것이라고 하였다.

그러자 주지스님은 나무빗 1천 개를 사서 신자에게 선물했고 신자들의 반응도 폭발적이었다. 그래서 수만 개의 빗을 납품하라는 주문까지 더 받았다.

3화 희망의 끈(String of hope)

커다란 굴뚝이 완성된 후에 사람들은 그것을 세우기 위해 설치했던 작업대를 제거하고 있었다. 굴뚝 위에 마지막 한 사람만이 남아 마무리 작업을 하고 있었다.

그는 빗줄을 타고 내려오기로 되어 있었는데, 그러나 작업대를 모두 제거한 후에야 꼭대기에 빗줄을 남겨놓는 것을 잊어버린 사실을 알게 되었다. 큰 일이었다. 그렇다고 작업대를 다시 설치할 수도 없는 일이었다. 굴뚝 위에 혼자 남은 작업자는 두려워서 어쩔 줄 몰라 하였다. 그렇다고 굴뚝에서 뛰어내릴 수도 없는 일이었다.

사람들이 모여 들었지만 그다지 뾰족한 수가 나오지 않았다. 누구보다도 가족들이 발을 동동 구르며 안타까워했다. 시간은 자꾸 흐르고 날은 어두워지기 시작했다.

모두 절망에 빠진 채 한숨만 쉬고 있었다. 바로 그때 그의 아내가 남편을 향해 외쳤다.

"여보, 당신 양말을 벗어 보세요."

굴뚝 위의 남편은 양말을 벗어 들었다. 아내가 정성껏 실로 짜준 양말이었다. 그의 아내가 다시 외쳤다

"양말의 실을 풀어 보세요."

남편은 양말의 실을 풀기 시작하여 실이 길게 풀어졌다. 아내가 다시 외쳤다.

"이제 그것을 길게 이어서 아래로 내려 보내세요."

많은 사람들이 숨을 죽이고 그 장면을 지켜봤다. 남편은 아내가 시키는 대로 하였다. 실이 내려오자 아내는 거기에다 질긴 삼실을 묶은 후 남편에게 외쳤다.

"이제 끌어 올리세요."

질긴 삼실이 남편의 손까지 올라갔다. 아내는 그 삼실에다 밧줄을 이어 묶어 남편에게 외쳤다.

"이제 당기세요."

드디어 삼실을 끌어올린 그가 밧줄을 손에 넣었다.

사람들은 손뼉을 치며 좋아하였다. 굴뚝 꼭대기에 밧줄을 단단히 묶은 남편은 밧줄을 타고 천천히 내려왔다. 남편은 울면서 아내를 안았다. 보잘 것 없는 한 가닥의 실이 생명을 구한 것이다.

세르반테스는 이렇게 말하였다.

"보잘 것 없는 재산보다 훌륭한 희망을 가지는 것이 더 소망스럽다."

게오르규도 이렇게 말하였다.

"어떤 때에도 인간이 하지 않으면 안 되는 일은 세계의 종말이 명백하더라도 자기는 오늘 사과나무를 심는다는 것이다."

희망은 긍정적인 생각에서 시작된다. 역사상 안 된다는 생각이 이뤄놓은 일은 한 가지도 없다. 항상 긍정적인 생각이 역사를 바꿔 놓는다. 최악의 상황일수록 긍정적인 생각이 필요하다. 비록 한 가닥 실낱같은 희망일지라도 그것은 기적을 낳는다.

희망은 연줄이다. 구름에 가려서 연이 보이지 않을지라도 팽팽한 연줄 끝에 연이 달려 있음을 믿을 수 있다.

제4화 우물에서 나온 당나귀

당나귀 한 마리가 빈 우물에 빠졌습니다. 농부는 슬프게 울부짖는 당나귀를 구할 도리가 없었습니다.

마침 당나귀도 늙었고 쓸모없는 우물에 파묻으려고 했던 터라 농부는 당나귀를 단념하고 동네 사람들에게 도움을 청하기로 했습니다. 동네 사람들은 우물을 파묻기 위해 제각기 삽을 가져와 흙을 파 우물을 메워 갔습니다. 당나귀는 더욱 더 울부짖었습니다.

그러나 조금 지나자 웬일인지 당나귀가 잠잠해졌습니다. 동네 사람들이 궁금해 우물 속을 들여다보니 놀라운 광경이 벌어지고 있었습니다. 당나귀는 위에서 떨어지는 흙더미를 털고 털어 흙을 바닥에 떨어뜨렸습니다. 그렇게 해서 당나귀는 자기를 묻으려는 흙을 이용해 무사히 그 우물에서 빠져나올 수 있었습니다. 정말 그렇습니다.

사람들이 자신을 매장하기 위해 던진 비방과 모함과 굴욕의 흙이 오히려 자신을 살립니다. 남이 흙을 던질 때 그것을 털어버려 자신이 더 성장하고 높아질 수 있는 발판으로 만들 수 있는 것입니다.

그래서 어느 날 그 곤경의 우물에서 벗어나 자유롭게 살아갈 수 있는 날을 맞게 됩니다. 뒤집어 생각할 줄 알아야 합니다. 모든 삶에는 거꾸로 된 거울 뒤 같은 세상이 있습니다. 불행이 요행이 되고, 요행이 불행이 되는 새옹지마의 변화가 있습니다.

우물 속 당나귀같이 절망의 극한 속에서도 불행을 이용하여 행운으로 바꾸는 정말 놀라운 역전의 기회가 있습니다. 우물에 빠진 당나귀처럼 남들이 나를 해칠지라도 두려워할 필요가 없습니다. 살다 보면 때로는 나를 곤경에 빠트리려 하는 사람, 또 억울한 오해를 받는 일 등 여러 가지 고난과 역경과 곤경에 처할 때가 있습니다.

그럴 때마다 우물에 빠진 당나귀처럼 그 곤경을 발판삼아 툴툴 털고 일어나시기 바랍니다. 역지사지 사필귀정이라고 남을 헐뜯는 부류는 삼류인생을 사는 못 된 근성의 사람이라 생각하고, 절대 가까이 두지 마십시오. 그런 사람들은 앞에서는 아부하고 내가 없는 곳에서는 헐뜯고, 비난하는 이중성격자들입니다. 인생사, 새옹지마라 하였습니다. (탈무드에서)

제갈량 아내의 기지

　삼국지에 등장하는 제갈공명에게는 못생긴 아내가
있었다.

　제갈량이 신부감을 찾고 있을 때, 황승언은

　"나에게 추한 딸이 있다. 노란 머리에 피부색은 검으
나 재능은 당신과 배필이 될 만하다."라고 권하였다. 이
에 제갈량이 승낙하자 황승언은 딸을 마차에 태워 데려
다 주었다. 당시 사람들은 이를 웃음거리로 삼았고,

　"공명의 아내 고르는 일은 흉내 내지 마라."는 말까
지 돌았다고 한다. 제갈공명이 결혼을 하고 첫날밤 신
방에 들어갔는데, 황씨 부인이 너무 못생겨서 차마 그
자리에 있지 못하고 방을 나가려고 했다.

　그러자 신부 황씨가 제갈공명의 옷깃을 잡아 끄는
바람에 옷이 뜯어져 버렸다. 황씨 부인은 제갈공명의
옷을 받아 기워 주겠다고 했고, 그런데 바느질을 한답
시고 돗바늘로 듬성듬성 꿰매는 것이었다.

　제갈공명은 그런 부인의 모습을 보고 더 미운 마음
이 들어 바느질 한 옷을 받자마자 신방을 나가 버렸다.
그런데 그 집을 벗어나려고 아무리 헤매도 계속 집 마

당 안에서만 맴돌 뿐이었다.

결국 새벽녘이 되어서 마당에 나온 장인 때문에 다시 신방으로 들어갔는데, 날이 밝아 다시 옷을 보았더니 듬성듬성 기운 줄 알았던 옷이 틀로 박아 놓은 것처럼 고왔다.

제갈공명의 부인은 알고 보니 바느질에만 솜씨가 있는 것이 아니라 모르는 것이 없었다. 제갈공명은 그런 부인의 도움으로 더더욱 걸출해질 수 있었다.

제갈량의 아내 황씨는 재능이 뛰어나고 됨됨이가 훌륭해 남편이 승상의 자리에 오르는데 큰 받침이 될 수 있었다. 제갈량이 융중에 살 때, 손님의 방문이 있어 아내 황씨에게 국수 준비를 부탁하니 바로 국수가 나왔다.

무후(제갈량)가 그 속도를 괴이 여겨 후에 몰래 식당을 엿보았더니, 몇 개의 나무 인형들이 나는 듯이 보리를 자르고 맷돌을 돌리는 것을 보았다.

마침내 아내에게 이 재주들을 전수받아 제조방법을 이용하여 식량 운송용인 목우유마를 만들기도 했다. 제갈량은 늘 깃털 부채를 들고 다녔는데 이는 아내 황씨의 부탁이었다. 그녀가 부채를 선물한 데는 화나는 일이 있더라도 절대 감정을 밖으로 드러내지 말라는 당부가 담겨 있었다. 황씨가 제갈량에게 말했다.

"친정아버지와 대화하는 모습을 보고, 당신은 포부가 크고 기개가 드높은 인물이라고 짐작했어요. 유비에 대해 이야기할 때면 당신의 표정이 환했지요. 하지만, 조조에 대해 말할 때는 미간을 잔뜩 찌푸리더군요. 손권을 언급할 땐 고뇌에 잠긴 듯 보였고요. 큰일을 도모하려면 안색에 곧바로 감정을 드러내지 말고 침착해야 해요. 부채로 얼굴을 가리세요."

제갈량은 집을 떠나 있는 동안 늘 학우선 부채를 손에서 놓지 않았습니다. 부채질을 하면 머리가 맑아지는 기분이 들었다고 한다. 아내 황씨가 말한 '얼굴을 가리라.'라는 말은 '침착하라!'는 의미였다.

그녀는 마음이 고요해야 태연함과 이성을 유지할 수 있다는 것을 잘 알고 있었던 것이다.

괴테의 처세와 인생훈

'만나는 사람마다 스승으로 알라'는 명언을 남긴 인류 최고의 문학자로 꼽히는 독일의 괴테를 가리켜서 흔히 '종합적 천재'라고 일컫습니다.

83년의 긴 생애를 산 그의 인생 경륜에서 "우리가 어떻게 하면 의미 있고 행복한 인생을 살 수 있을까?"라는 중요한 질문에 대한 현명한 해답을 찾을 수 있습니다.

괴테의 경구집에 나오는 '처세와 인생훈'을 다섯 가지로 요약하면 다음과 같습니다.

1. 지나간 일을 쓸데없이 후회하지 말라.

잊어버려야 할 것은 깨끗이 잊어버려야 한다. 과거는 과거일 뿐이다. 과거는 잊고 미래를 바라볼 때 그 순간에 행복의 길이 보인다.

2. 될 수 있는 한 성을 내지 말라.

분노 속에서 한 말이나 행동은 반드시 후회를 남긴다. 절대로 분노의 노예가 되지 말고, 분노를 다스리는 주인이 되라.

3. 언제나 현재를 즐기라.

인생은 현재의 연속이다. 지금 내가 하는 일과 시간을 즐기고 그 일에 정성과 열정을 다하면 지혜가 생기고 현명한 처세가 나온다.

4. 특히 남을 미워하지 말라.

증오(憎惡)는 인간을 비열하게 만들고 우리의 인격을 타락시킨다.

남을 미워하는 그 순간 나는 가장 큰 피해자가 된다는 사실을 명심해야 한다.

될수록 넓은 아량을 가지고 남을 포용 하고 섬겨라.

5. 미래를 신(神)에게 맡기라.

미래는 미지의 영역이다. 어떤 일이 앞으로 닥쳐올지 누구도 알 수가 없다.

따라서 미래는 하늘과 신에게 맡기고 내가 할 수 있는 일에 최선을 다하는 것이 현명한 사람이 취할 지혜로운 태도이다.

지혜로 뺨치는 언변

1. 대원군

대원군이 날아가는 새도 떨어뜨리던 시절 한 선비가 찾아왔다.

선비가 큰절을 했지만 대원군은 눈을 지그시 감은 채 아무 말이 없었다.

머쓱해진 선비는 자신의 절을 보지 못한 줄 알고 한 번 더 절을 했다.

그러자 대원군이 벼락같이 호통을 쳤다.

네 이놈! 절을 두 번 하다니 내가 송장이냐?

그러자 선비가 대답했다.

처음 드리는 절은 찾아뵈었기에 드리는 절이옵고

두 번째 드린 절은 그만 가보겠다는 절이었사옵니다.

선비의 재치에 대원군은 껄껄 웃으면서 기개가 대단하다며 앞길을 이끌어 주었다고 한다.

2. 정주영 회장

정주영 회장이 조그만 공장을 운영할 때의 일이다.

새벽에 화재가 났다는 급한 전갈이 와서 공장으로 달려가 보니 피땀 흘려 일군 공장이 이미 흔적도 없이 타버린 후였다.

　모두가 고개를 숙이고 있을 때 정 회장이 웃으며 한 말은 좌절하고 있던 모든 사람의 가슴을 따뜻하게 적셔 주었다.

　허허, 어차피 헐고 다시 지으려고 했는데 잘 되었구 먼 걱정 말고 열심히 일들 하게.

3. 힐러리와 클린턴

　힐러리와 클린턴이 함께 운전하고 가다 기름을 넣으 러 주유소에 들렀다.

　그런데 주유소에서 일하고 있는 남자가 힐러리의 동 창이었다. 이를 본 클린턴이 한마디 했다.

　당신이 저 사람과 결혼했다면 지금쯤 주유소 직원의 아내가 되어 있겠구려.

　그러자 힐러리는 당당하게 대답했다.

　"아니죠, 저 사람이 대통령이 되었겠죠"

4. 아이젠하워

　아이젠하워가 미국 대통령에서 물러난 뒤 기자들로 부터 질문을 받았다.

　대통령에서 물러난 뒤 어떤 변화가 있고 어떤 차이 점이 있습니까?

　잠시 생각에 잠긴 아이젠하워가 이렇게 대답했다.

있고말고 골프 시합에서 나한테 이기는 사람들이 예전에 비해 아주 많아졌단 말이야.

5. 간디

인도 '간디'가 영국에서 대학을 다니던 때이다.

자신에게 고개를 숙이지 않는 식민지 인도 출신인 학생 간디를 아니꼽게 여기던 '피터스'라는 교수가 있었다.

하루는 간디가 대학 식당에서 피터스 교수 옆자리에 점심을 먹으러 앉았다.

피터스 교수는 거드름을 피우며 말했어요.

이보게, 아직 모르는 모양인데, 돼지와 새가 같이 식사하는 일은 없다네.

간디가 재치 있게 응답하였다.

걱정하지 마세요, 교수님! 제가 다른 곳으로 날아가겠습니다.

복수심에 약이 오른 교수는 다음 시험 때에 간디를 애먹이려고 했으나 간디가 만점에 가까운 점수를 받자 간디에게 질문을 던졌다.

길을 걷다 돈 자루와 지혜가 든 자루를 발견했다네. 자네라면 어떤 자루를 택하겠나?

간디가 대수롭지 않게 대답을 했다. 그야 당연히 돈

자루죠. 교수가 혀를 차면서 비웃었다.

쯧쯧, 만일 나라면 돈이 아니라 지혜를 택했을 것이네.

간디가 간단히 대꾸했다.

뭐, 각자 부족한 것을 택하는 것 아니겠어요.

거의 히스테리의 상태에 빠진 교수는 간디의 시험지에 '멍청이'라고 써서 돌려주었다.

간디가 교수에게 말했다.

교수님 제 시험지에는 점수는 없고 교수님 서명만 있는데요.

6. 아인슈타인

아인슈타인은 상대성이론으로 엄청난 강연 요청에 쉴 틈이 없었습니다.

어느 날 운전기사가 아인슈타인에게 박사님이 너무니 바쁘시고 피로하신데 제가 상대성 이론을 30번이나 들어서 거의 암송하다시피 하게 되었습니다.

"다음번에는 제가 박사님을 대신해서 강연하면 어떨까요?"

운전사는 공교롭게도 아인슈타인과 너무나 닮았습니다.

서로 옷을 바꿔 입었습니다.

연단에 올라 선 가짜 아인슈타인의 강연은 훌륭했습니다.

말, 표정, 진짜 아인슈타인과 정말 똑같았습니다.

진짜 아인슈타인보다 더 잘했습니다.

그런데 문제가 생겼습니다.

한 교수가 이론에 관한 질문을 했습니다. 가슴이 '쿵' 내려앉았습니다.

정작 놀란 것은 가짜보다 운전사 복장을 한 진짜 아인슈타인이었습니다.

그런데 가짜 아인슈타인은 조금도 당황하지 않았습니다. 빙그레 웃으면서

그 정도의 간단한 질문은 제 운전사도 대답할 수 있습니다. 어이 여보게 올라와서 잘 설명해 드리게나.

많이 쓰이는 외래어(매회 보완)

이 경 택

가스라이팅(gaslighting)=뛰어난 설득을 통해 타인 마음에 스스로 의심을 불러일으키고 현실감과 판단력을 잃게 만듦으로써 그 사람에게 지배력을 행사하는 것

갈라쇼(gala show)=어떤 것을 기념하거나 축하하기 위해 여는 공연

갤러리(gallery)=미술품을 진열, 전시하고 판매하는 장소, 또는 골프 경기장에서 경기를 구경하는 사람

갭(gap)=틈, 간격, 공백, 차이, 격차

거버넌스(governance)=민관협력 관리, 통치

걸 크러쉬(girl crush)=여성이 같은 여성의 매력에 빠져 동경하는 현상

그라데이션(gradation)=하나의 색상을 다른 색상으로 점차 변화시키는 효과, 색의 계층

그래피티(graffiti)=길거리 그림, 길거리의 벽에 붓이나 스프레이 페인트를 이용해 그리는 그림

그루밍(grooming)=화장, 털손질, 손톱 손질 등 몸을 치장하는 행위.

글로벌 쏘싱(global sourcing)= 세계적으로 싼 부품을 조합하여 생산단가 절약

내레이션(naration)=해설

내비게이션(navigation)=① (선박, 항공기의)조종, 항해 ② 오늘날(자동차 지도 정보 용어로 쓰임)

노멀 크러쉬(nomal crush)=평범하고 소박한 것이 행복하다고 느끼는 정서

노블레스 오블리주(noblesse oblige)=지도층 인사들에게 요구되는 도덕적 의무

노스탤지어(nostalgia)=지난 날에 대한 그리움이나 향수

뉴트로(new+retro)〉〉 newtro)=새로움과 복고의 합성어로 새롭게 유행하는 복고풍 현상

님비(NIMBY. not in my backyard)현상=지역 이기주의 현상 (혐오시설 기피 등)

더치 페이(dutch pay)=비용을 각자 부담하는 것을 이르는 말

더티 플레이(dirty play)=속임수 따위를 부리며 정정당당하지 못한 태도로 행동하는 것

데모 데이(demo day)=시연회 날

데이터베이스(database)=정보 집합체, 컴퓨터에서 신속한 탐색과 검색을 위해 특별히 조직된 정보 집합체, 여러 사람에 의해 공유되어 사용될 목적으로 통합하여 관리되는 자료 집합

데자뷰(deja vu): 처음 경험 임에도 불구하고 이미 본 적이 있거나 경험한 적이 있다는 이상한 느낌이나 환상. 프랑스어로 "이미 보았다"는 뜻.

도그마(dogma)=독단적인 신념이나 학설, 이성적 비판이 허용되지 않는 교리, 교조, 교의 등을 통틀어 이르는 말

도어스테핑(doorstepping)=(기자 등의) 출근길 문답, 호별 방문

도파민(dopamine)= 중추신경계에 존재하는 신경전달물질의 일종으로 의욕, 행복, 기억, 인지, 운동 조절 등 뇌에 다방면으로 관여함

도플갱어(doppelganger)=자신과 똑같이 생긴 사람이나 동물, 즉 분신이나 복제품

드라이브 스루(drive through)=주차하지 않고도 손님이 상품을 사들이도록 하는 사업적인 서비스로서 자동차에서 내리지 않은 상태로 서비스를 받을 수 있는 운영 방식

디자인 비엔날레(design biennale)=국제 미술전

디지털치매=디지털 기기에 지나치게 의존하여 기억력이나 계산력이 크게 떨어진 상태를 일컫는 말

디폴트(default)=채무자가 공사채나 은행 융자, 외채 등의 원리금 상환 만기일에 지불 채무를 이행할 수 없는 상태

딥 페이크(deep fake)=인공지능 기술을 이용해 특정 인물의 얼굴 등을 특정 영상에 합성한 편집물, 주로 가짜 동영상을 말함

딩크 족(DINK, Double Income No Kids 의 약어)=정상적인 부부 생활을 영위하면서 의도적으로 자녀를 두지 않는 맞벌이 부부를 일컫는 말

라이브 커머스(live commerce)=실시간 방송 판매

랜덤(random)=무작위(의), 무계획(적인)/ 보통 어떤 사건이 규칙성이 보이지 않고 무작위로 발생한다는 것

랩소디(rhapsody)=광시곡, 자유롭고 관능적인 악곡 형식(주로 기악곡)

레드 오션(red ocean)=붉은 바다. 이미 잘 알려져 있어서 경

쟁이 매우 치열한 특정 산업내의 기존 시장을 비유하는 표현

레알(real)=진짜, 또는 정말이라는 뜻. 리얼을 재미있게 표현한 것

레트로(retro)=과거의 제도, 유행, 풍습으로 돌아가거나 따라 하려는 것을 통칭하여 이르는 말

레퍼토리(repertory)=들려줄 수 있는 이야깃거리나 보여 줄 수 있는 장기, 상연 목록, 연주 곡목

로드맵(roadmap)=방향제시도, 앞으로의 스케줄, 도로지도

로밍(roaming)=계약하지 않은 통신 회사의 통신 서비스도 받을 수 있는 것. 국제통화기능(자동로밍가능 휴대폰 출시)체계

루저(loser)=패자, 모든 면에서 부족하여 어디에 가든 대접을 못 받는 사람

리셋(reset)=초기 상태로 되돌리는 일

리얼리티(reality)=현실. 리얼리티 예능에서 쓰이는 경우, 어떠한 인위적인 각본으로 짜여진 것이 아닌 실제 상황이나 인물들을 중심으로 이뤄지는 예능을 말함

리플=리플라이(reply)의 준말. 댓글·답변·의견

마스터플랜(masterplan)=종합계획, 기본계획

마일리지(mileage)=주행거리, 고객은 이용 실적에 따라 점수를 획득하는데 누적된 점수는 화폐의 기능을 한다

마조히스트(masochist)=성적으로 학대를 당하고 쾌감을 느끼는 사람

매니페스터(manifester)= 감정, 태도, 특질을 분명하고 명백하

게 하는 사람(것)

매니페스토(manifesto)운동=선거 공약검증운동

머그샷(mugshot)=경찰에 체포된 범인을 식별하기 위해 촬영한 사진

메리트(merit)=장점, 이점, 가치, 자격/가치가 있다

메시지(message)=무엇을 알리기 위해 보내는 말이나 글

메카니즘(mechanism)=기계장치, 기구, 방법, 구조

메타(meta)=더 높은, 초월한 뜻의 그리스어

메타버스(metaverse)=현실세계와 같은 사회·경제·문화 활동이 이뤄지는 3차원 가상세계를 말함

메타포(metaphor)=행동, 개념, 물체 등의 특성과는 다른 무관한 말로 대체하여 간접적, 암시적으로 나타내는 은유법, 비유법으로 직유와 대조되는 암유 표현.

멘붕=멘탈(mental)의 붕괴. 정신과 마음이 무너져 내림

멘탈(mental)=생각이나 판단하는 정신. 또는 정신세계.

멘토(mentor)=현명하고 신뢰할 수 있는 상대이며 스승 혹은 인생 길잡이 역할을 하는 사람

모니터링(monitoring)=감시, 관찰, 방송국, 신문사, 기업 등으로부터 의뢰받은 방송 프로그램, 신문 기사, 제품 등에 대해 의견을 제출하는 일

모라토리움(moratorium)=한 나라 전체나 어느 특정 지역에 긴급 사태가 발생한 경우에 국가 권력의 발동에 의하여 일정 기간 금전 채무의 이행을 연장시키는 일

미러클(miracle)=기적, 기적 같은 일. 경이로운 예

미션(mission)=사명, 임무

바운스(bounce)=튀다, 튀어 오름, 반동력, 탄력 의미

버블(bubble)=거품

벤치마킹(benchmarking)=타인의 제품이나 조직의 특징을 비교분석하여 그 장점을 보고 배우는 경영 전략 기법

벤틀리(Bentley)=영국의 최고급 수공 자동차 제조사 혹은 이 회사 만든 차량

보이콧(boycott)=어떤 일을 공동으로 받아들이지 않고 물리치는 일, 불매동맹, 비매동맹

브랜드(brand)=사업자가 자기 상품에 대하여, 경쟁업체의 것과 구별하기 위하여 사용하는 기호·문자·도형 따위의 일정한 표지

브런치(Breakfast+Lunch)=아침 겸 점심으로 먹는 밥을 속되게 이르는 말. 어울참

블랙 컨슈머(black consumer)=악덕 소비자. 구매한 상품을 문제 삼아 피해를 본 것처럼 꾸며 악의적 민원을 제기하거나 보상을 요구하는 소비자

블루 오션(blue ocean)=푸른 바다. 아직 시도된 적이 없는 광범위하고 깊은 잠재력을 가진 시장 비유 표현

비주얼(visual)='시각적인'이라는 뜻. 한국에서는 사람의 외모를 가리키는 말로도 많이 쓰이는데, 가령 특정 집단에 속한 사람에게 '비주얼 담당'이라 하면 그중에 가장 외모가 뛰어나다는 뜻

빈티지(vintage)=① 포도가 풍작인 해에 유명한 양조원에서 양질의 포도로 만든 고급 포도주 ② 오래 되고도 값진 것. 특정한 연대에 만든 것

사디스트(sadist)=가학성애자. 성적 대상에게 육체적, 정신적 고통을 줌으로써 성적 쾌락을 얻는 사람

사보타주(sabotage)=태업을 벌임. 노동쟁의, 의도적으로 일을 게을리 하여 사주에게 손해를 주는 방법

사이코패스(psychopath)=태어날 때부터 감정을 관장하는 뇌 영역이 처음부터 발달하지 않은 반사회적 성격장애와 품행 장애를 가진 사람들을 지칭하는 데 주로 사용

세미(semi)=절반(切半), '어느 정도', '~에 준(準)하는 뜻

센세이션(sensation)=(자극을 받아서 느끼게 되는) 느낌, 많은 사람을 흥분시키거나 물의를 일으키는 것.

소셜 미디어(social media)=누리 소통 매체, 생각이나 의견을 표현하거나 공유하기 위해 사용하는 개방화된 인터넷상의 내용이나 매체

소셜 커머스(social commerce)=공동 할인구매. 소셜네트워크 서비스(SNS)를 이용한 전자 상거래의 일종

소스(source)=원천, 근원, 출처, 정보원

소쓰(sauce)=(요리의) 액체 양념, 자극, 재미

소프트(soft)=부드러운

소프트파워(soft power)=문화적 영향력

솔루션(solution)=해답, 해결책, 해결방안, 용액

쇼핑몰(shopping mall)=여러 가지 물건을 한번에 살 수 있도록 상점이 모여있는 곳

스미싱(smishing)=문자메시지로 낚는다는 의미로 스마트폰으로 개인정보를 빼내서 범죄에 이용하는 것

스펙터클(spectacle)=(굉장한) 구경거리, 광경, 장관

스태그플레이션(stagflation)=경제 불황 속에서 물가상승이 동시에 발생하고 있는 상태

시놉시스(synopsis)=영화나 드라마의 간단한 줄거리나 개요, 주제, 기획의도, 줄거리, 등장인물, 배경 설명

시뮬레이션(simulation)=영화어떤 장치나 시스템의 동작이나 작용을 다른 장치를 이용해서 모의실험으로 알아보고 그 특성을 파악하는 것

시스템(system)=필요한 기능을 실현하기 위하여 관련 요소를 어떤 법칙에 따라 조합한 집합체.

시즌오프(season off)=철 지난 상품을 싸게 파는 일

시크리트(secret)=비밀

시트콤(sitcom)=시추에이션 코메디(situation comedy) 약자, 분위기가 가볍고, 웃긴 요소를 극대화한 연속극

시프트(shift)=교대, 전환, 변화

싱글(single)=한 개, 단일, 한 사람

아노미(anomie)=불안·자기 상실감·무력감 등에서 볼 수 있는 부적응 현상. 사회의 동요·해체에서 생기는 개인의 행동·욕구의 무규제 상태

아웃쏘싱(outsourcing)=자체의 인력, 설비, 부품 등을 이용해 비용 절감과 효율성 증대를 목적으로 외부 용역이나 부품으로 대체하는 것

아웃렛(outlet)=백화점 등에서 팔고 남은 옷, 구두 등 패션 용품을 할인하여 판매하는 장소

아이쇼핑(eye shopping)=눈으로만 사고 싶은 물건들을 둘러보는 일

아이템(item)=항목, 품목, 종목

아젠다(agenda)=의제, 협의사항, 의사일정

알레고리(allegory)=유사성을 적절히 암시하면서 주제를 나타
내는 수사법. 즉 풍자하거나 의인화해서 이야기를 전달하는
표현방법

애드 립(ad lib)=(연극, 영화 등에서) 대본에 없는 대사를 즉흥
적으로 만들어내는 것

어택(attack)=공격(하다), 습격(하다), 발병(하다)

어필(appeal)=호소(하다), 항소(하다), 관심을 끌다

언박싱(unboxing)=(상자, 포장물의) 개봉, 개봉기

얼리어답터(early adopter)=남들보다 먼저 신제품을 사서 써
보는 사람

에디터(editor)=편집자

에피소드(episode)=중요하거나 재미있는 사건,(라디오·텔레비
전 연속 프로의) 1회 방송분

엑소더스(exodus)=(많은 사람들이 동시에 하는)탈출

엔터테인먼트(entertainment)=대중을 즐겁게 해주는 연예(코
미디, 음악, 토크 쇼 등 오락)

오리지널(original)=근원, 기원, 모조품 등을 만드는 최초의 작
품.

오티티(OTT, Over-the-top)=인터넷 동영상 서비스, 영화,
TV 방영 프로그램 등의 미디어 콘텐츠를 인터넷을 통해 소
비자에게 제공하는 서비스

옴부즈(ombuds)=다른 사람의 대리인(스웨덴어)

옴부즈맨(ombudsman)=정부나 의회에 의해 임명된 관리로,

시민들에 의해 제기된 각종 민원을 수사하고 해결해 주는 사람

와이브로(wireless broadband. 약어는 wibro)= 이동하면서도 초고속 인터넷을 이용할 수 있는 무선 휴대 인터넷의 명칭, 개인 휴대 단말기(다양한 휴대 인터넷 단말을 이용하여 정지 및 이동 중에서도 언제, 어디서나 고속으로 무선 인터넷 접속이 가능한 서비스)

워취(watch)=무언가를 주시하는 것, (휴대용) 시계

위즈덤(wisdom)=지혜, 슬기, 지식, 현명함, 타당성

유비쿼터스(ubiquitous)=도처에 있는, 사용자가 컴퓨터나 네트워크를 의식하지 않고 장소에 상관없이 자유롭게 네트워크에 접속할 수 있는 환경

이데올로기(ideology)=사람이 인간 ·자연 ·사회에 대해 규정짓는 현실적이면서 동시에 이념적인 의식의 형태

인서트(insert)=끼우다, 삽입하다, 삽입 광고

인센티브(incentive)=장려책, 우대책

젠트리피케이션(gentrification)=둥지 내몰림, 도심 인근의 낙후지역이 활성화되면서 임대료 상승 등으로 원주민이 밀려나는 현상

징크스(jinx)=재수 없는 일, 불길한 징조의 사람이나 물건, 으레 그렇게 될 수밖에 없는 악운으로 여겨지는 것

챌린지(challenge)=도전하다. 도전 잇기, 참여 잇기.

치팅 데이(cheating day)=식단 조절을 하는 동안 정해진 식단을 따르지 않고 자신이 먹고 싶은 음식을 먹는 날

카르텔(cartel)=서로 다른 조직이 공통된 목적을 위해 일시적

으로 연합하는 것, 파벌, 패거리

카오스(chaos)=천지 창조 이전의 혼돈(混沌) 상태

카이로스(Kairos)=기회를 잡을 수 있는 결정적 순간, 평생 동안 기억되는 개인적 경험의 시간을 뜻

카트리지(cartridge)=탄약통. 바꿔 끼우기 간편한 작은 용기. 프린터기의 잉크통

커넥션(connection)=연결, 연계, 연관, 접속, 관계

컨설팅(consulting)=전문지식을 가진 사람이 상담이나 자문에 응하는 일

컬렉션(collection)=수집, 집성, 수집품, 소장품

코스프레(cosplay, costume play)=만화나 애니메이션, 게임에 나오는 캐릭터의 의상을 입고 서로 모여서 노는 놀이이자 하위 예술 장르의 일종

콘서트(concert)=연주회

콘택(contact)=연락, 접촉, 닿음, 연락하다

콘셉(concept)=개념, 관념, 일반적인 생각

콘텐츠(contents)=내용, 내용물, 목차.

콜렉트 콜(collect call)=수신자 부담. 전화를 받는 사람이 전화요금을 지불하는 방법

콜 센터(call center)=안내 전화 상담실

쿠폰(coupon)=상품에 붙어있는 우대권 또는 교환권

퀄리티(quality)=품질, 질, 자질

퀴어(queer)= 기묘한, 괴상한 / 성소수자가 스스로를 나타내는 말 가운데 하나

크로스(cross)=십자가(가로질러) 건너다(서로) 교차하다

크리켓(cricket)=공을 배트로 쳐서 득점을 겨루는 방식으로 진행
되는 단체 경기. 영연방 지역에서 널리 즐기는 게임

키워드(keyword)=핵심어, 주요 단어(뜻을 밝히는데 열쇠가 되
는 중요하고 핵심이 되는 말)

테이크아웃(takeout)=음식을 포장해서 판매하는 식당이 아닌
다른 곳에서 먹는 것. 다른 데서 먹을 수 있게 사 가지고 갈
수 있는 음식을 파는 식당

트랜스젠더(transgender)=성전환 수술자

트러블매이커(troublemaker)=말썽꾼, 분쟁 야기자

트릭(trick)=속임수,(골탕을 먹이기 위한) 장난

틱(tic)=의도한 것도 아닌데 갑자기, 빠르게, 반복적으로, 비슷
한 행동을 하거나 소리를 내는 것

파라다이스(paradise)=걱정이나 근심 없이 행복을 누릴 수 있
는 곳

파이터(fighter)=싸움꾼, 전투원, 전투기

파이팅(fighting)=싸움, 전투, 투지, 응원하며 잘 싸우라는 뜻
으로 외치는 소리

판타지(fantasy)=공상, 상상, (공상의) 산물

팔로우(follow)=따라가다, 뒤따르다/ 사회연결망서비스 상의
한 사람 또는 계정의 사진 글 등을 계속해서 따르겠다, 계속
보겠다는 뜻. 유튜브의 '구독' 같은 개념. 블로그에서는 '이
웃추가' 또는 친구추가와 같은 말

팔로워(follower)=팔로우를 하는 사람. 추종자, 신봉자, 팬 등
의 의미. 어떤 사람의 글을 받아보는 사람

패널(panel)=토론에 참여하여 의견을 말하거나, 방송 프로그램

에 출연해 사회자의 진행을 돕는 역할을 하는 사람 또는 그런 집단.

패러독스(paradox)=역설, 옳은 것으로 보이나 이상한 결론을 도출하는 주장, 논리적으로 모순을 일으키는 논증.

패러다임(paradigm)=생각, 인식의 틀, 특정 영역·시대의 지배적인 대상 파악 방법 또는 다양한 관념을 서로 연관시켜 질서 지우는 체계나 구조를 일컫는 개념. 범례

패러디(parody)=특정 작품의 소재나 문체를 흉내 내어 익살스럽게 표현하는 수법 또는 그런 작품. 다른 것을 풍자적으로 모방한 글, 음악, 연극 등

팩트 체크(fact check)=사실 확인

팬덤(fandom)=특정 사람, 팀, 스포츠 등의 팬 들

퍼니(funny)=재미있는, 익살맞은, 우스운, 웃기는

퍼머먼트(permanent make-up)=성형 수술, 반영구 화장:파마(=펌, perm)

포렌식(forensics)=법의학적인, 범죄과학수사의, 법정 재판에 관한.

포럼(forum)=공개 토론회, 공공 광장, 대광장,

푸쉬(push)=민다, 힘으로 밀어붙이다. 누르기

프라임(prime)=최상등급. 주된, 주요한, 기본적인

프랜차이즈(franchise)=특정한 상품이나 서비스를 제공하는 주 제자가 일정한 자격을 갖춘 사람에게 일정지역에서의 영업권을 줌.

프레임(frame)=틀, 뼈대 구조

프로테스탄트(protestant)=신교 신봉 교도(16세기 종교개혁결과

로 로마 가톨릭교회에서 떨어져 성립된 종교단체)

프로슈머(prosumer)=생산자이자 소비자인 사람. 기업 제품에 자기의견, 아이디어(소비자 조사해서)를 말해서 개선 또는 소비자가 원하는 제품을 개발토록 직접 또는 간접적으로 참여하는 사람(프로슈머 전성시대)

프리덤(freedom)=자유, 자유로운 상태

피드백(feedback)=되알림, 상대방에게 그의 행동 결과에 대한 정보를 제공해 주는 것

피케팅(picketing)=특정 주장을 다른 사람들에게 알리기 위해 그 해당 내용을 적은 널빤지를 들고 있는 행위

피톤치드(phytoncide)=식물이 병원균·해충·곰팡이에 저항하려고 내뿜거나 분비하는 물질. 심폐 기능을 강화시키며 기관지 천식과 폐결핵 치료, 심장 강화에도 도움이 된다고 알려져 있다.

픽쳐(picture)=그림, 사진, 묘사하다

필리버스터(filibuster)=무제한 토론. 의회 안에서 다수파의 독주 등을 막기 위해 합법적 수단으로 의사 진행을 지연시키는 무제한 토론

하드(hard)=엄격한, 딱딱함, 아이스크림에 반대되는

하드 커버(hard cover)=책 표지가 두꺼운 것(책의 얇은 표지는 소프트 커버)

헌터(hunter)=사냥꾼

헤드 트릭(hat trick)=축구와 하키에서 한 선수가 한 경기에서 3골 득점하는 것

호러(horror)=공포, 경악,~에 대한 공포, ~의 참상

호모 사피엔스(homo sapiens)=지혜(슬기)가 있는 사람'이라는 뜻. 사람속(homo)에 속하는 생물 중 현존하는 종만을 가리키는 것으로, 인류의 진화 단계를 몇 가지로 구분하였을 때 가장 진화한 단계임

휴머니스트(humanist)=인도주의자

해킹(hacking)=다른 사람의 컴퓨터 시스템에 무단으로 침입하여 데이터와 프로그램을 없애거나 망치는 일

해커(hacker)=해킹(hacking)을 하는 사람

힌트(hint)=넌지시 알려주는 것(알려주다)

울타리 문학 · 예술 플라자

울타리글벗문학회 문학·예술 플라자 개설

미등단 작가 작품도 받습니다.

- 스마트 시　 : 시 / 동시 (3편 12행 이내)
- 스마트 수필 : 에세이 / 칼럼(15매 이내)
- 스마트 소설 : 소설 / 동화(30매 이내)
- 스마트 음악 : 찬송시 / 가요 (1편)
- 스마트 미술 : 만평 / 만화 (1편)

제출 창작품은 심사 후 울타리에 게재하고 게재집필
자는 울타리글벗문학회 회원으로 모시고 울타리 10부
를 드립니다.(원고 보낼 때 연락처 명기)

작품 제출은 다음을 참작하시기 바랍니다.

우편 04116
서울특별시 마포구 신촌로 270(아현동) 수창빌딩 903호
도서출판 한글
* E-mail : simsazang@daum.net
* 카카오톡 〈울타리〉에 가입 후 작품 발송도 됨.

한국출판문화수호 지킴이

높은 아파트엔

저 높은 아파트엔 누가 살고 있을까

맨 위층엔 독수리가 살겠지
그 다음 층에는 매가 살겠지

그 아래층에는 기러기가 살고
그 아래층에는 황새가 살고

그 아래층에는 뻐꾸기가 살고
더 아래층에는 비둘기가 살고

또 아래층에는 참새가 살고
그 아래층에는 잠자리가 살겠지

잠자리는 참새가 무섭고
참새는 비둘기 뻐꾸기가 부럽고

황새는 기러기가 부럽지만
어딘가 숨어 있는 독수리가 두렵겠지

위를 보면 부럽지만
거기 무서운 무엇이 살고 있어
두렵다.

정유자

<hr />

청소부

175

서울 지명의 유래

탐방 **최강일**

우리나라 도시의 이름을 살펴보면 대개가 한자(漢字)를 사용한다. 서울이라는 지명은 개경에서 한양으로 도읍을 옮긴 후 도시를 정비해 나가는 과정에서 유래하였다.

태조 이성계는 제일 먼저 궁과 성을 건축했는데 정도전(鄭道傳)과 무학(無學)은 종적 사고와 유교적 바탕을 앞세워 서로 강한 주장을 펼쳤다. 두 사람의 이러한 태도는 성역(城域)을 정하는 일에서도 예외는 아니었다.

현재 청와대 옆 산 인왕산 북쪽에 선바위(사진)가 있는데 이 선바위를 성 안쪽으로 하는 무학과 성 밖으로 하자는 정도전의 주장은 이 태조가 민망스러워하리만큼 팽팽했다. 그 바람에 다른 도성은 다 쌓았는데 인왕산 선바위 부근만 미완성으로 남았다.

두 사람의 의견대립으로 공사가 진척되지 않던 어느 날 아침, 밤새 첫눈이 얼마나 내렸는지 한양 땅이 모두 하얀 빛으로 뒤덮여 있었다. 아침 일찍 눈 구경을 하던 태조는 낙산 쪽을 바라보다 고개를 갸웃거렸다. 이상하게도 성 안쪽으로는 눈이 보이지 않고 바깥쪽에만 눈이 쌓여 있었던 것이다.

태조는 별감들을 보내 보고 오라고 하였다. 다녀온 별감들이 아뢰기를 성곽 밖에는 눈이 쌓였고 안쪽은 맨 땅이 드러나 있다고 하였다

하도 기이한 일이라. 태조는 하늘이 한양의 경계를 알려주려고 그러는가 보다 여기고 별감들에게 다시 궁궐 옆 산 인왕산 선바위 주변을 살펴보고 오라고 하였다.

다녀온 별감들은 선바위를 중심으로 안쪽은 눈이 없고 바위를 포함한 바깥쪽은 눈이 쌓였다는 것이었다. 태조는 정도전과 무학을 입궐케 하여 이 사실을 말해주었다.

이로써 선바위 안쪽으로 성곽을 쌓게 되었는데 이날 내린 눈이 성곽 안쪽과 바깥쪽의 경계를 뚜렷하게 제시해 주었다 하여 눈설(雪) 울타리 울(鬱), 눈과 울타리란 뜻으로 '설울(雪鬱)'이라고 했고, 1945년 해방 이후 '설울 => 서울(Seoul)'이란 세련된 지명을 갖게 되었다.

- 이형표(철학박사)

최강일

_____

「한국크리스천문학」 수필등단, 한국크리스천문
학가협회 회원, 고려대학교 영어영문학과 졸업,
남강고등학교 교사로 정년퇴임, 옥조근정훈장
대통령표창 수상

펌프에 먼저 붓는 한 바가지 물을 미중물이라고 한다. 예전에는 펌프
로 물을 퍼서 식수로 사용했다. 손님이 오면 주인이 미중을 나가 맞이
하듯이 펌프질을 할 때 물을 먼저 부어 퍼내는 새물을 맞이하는 물이
라는 뜻으로 미중물이라고 했다.

펌프의 파킹이 새것일 때는 물이 금방 내려가지 않아서 새물 푸기가
쉬웠으나 파킹이 낡으면 물이 밑으로 내려가기 때문에 바가지로 물을
다시 부어 펌프질을 해야 물이 올라왔다.

할아버지가 귀여운 손자한테 하시는 말씀
"얘야, 펌프에 물이 다 새고 없구나. 미중물을 다시 부어 물을 푸자."

외할머니네 달밤

심광일 글 · 그림

멀고 아련한 산 그 너머에 또 한 너머 산 아래

외할머니 마을

밤이 되면 파란스름 휘한 달 뜨고 별들 쏟아지는 뒤락 별마당

지금도 아련 외할 뉘 기억 속 다움 손 사위에 저리다

아동문학세상 2017 겨울호

심광일

한국아동문학연구회이사
한국동요음악협회 사무국장, 부회장 역임
전국아버지동화구연대회 대상(문광부장관 상)
한국아름다운 글 문학상 수상, 한국동요음악대상
(작사부문) 동시집 「그래 나는 바보다」
장편소설 「아버지의 눈물」

오체서예

이병희

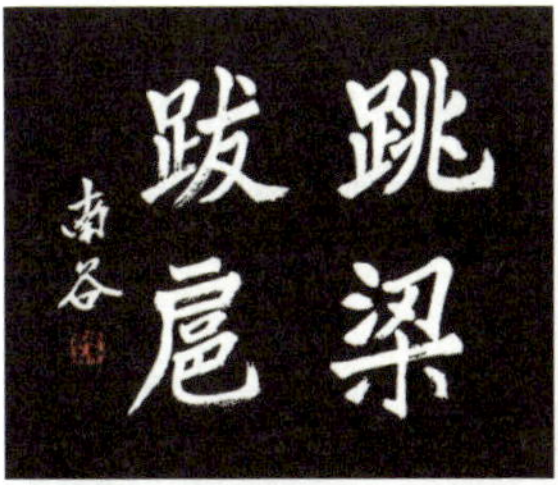

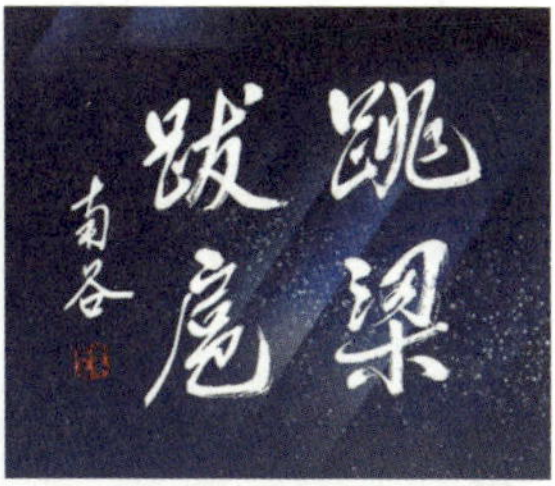

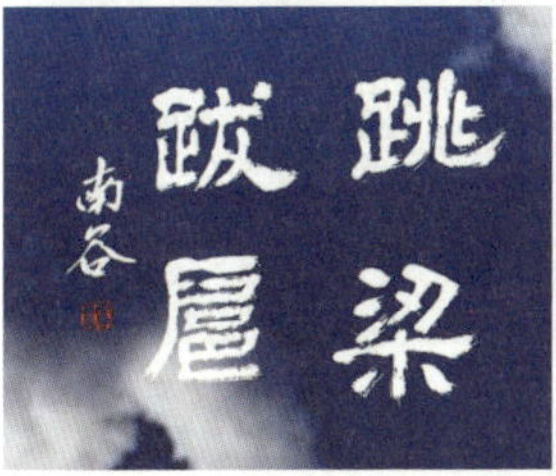

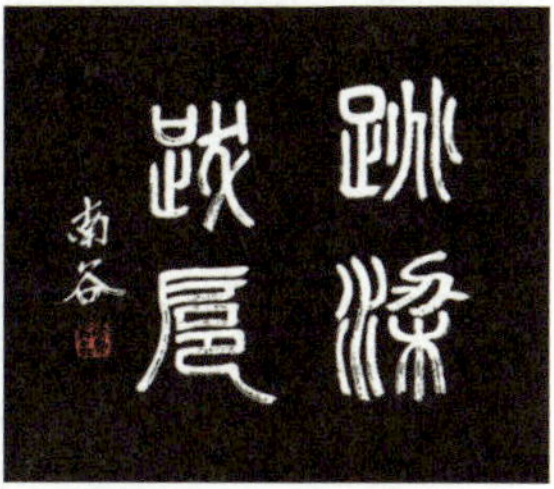

2024
교수들이 뽑은 사자성어
跳梁跋扈(도량발호)

跳-뛸 도 梁-들보 량(양)
跋-넘을 발 扈-통발 호

*跳梁-'뛰어다니며 활동하다'는 뜻으로 통제되지 않은 행동을 뜻함
*跋扈-자유롭게 날뛰며 제멋대로 행동하다는 의미

❖현대적 의미
현대 사회에서 부도덕한 행동,불법적 권력 남용, 사회 갈등을 일으키는 행위를 비유적으로 나타내는데 사용된다

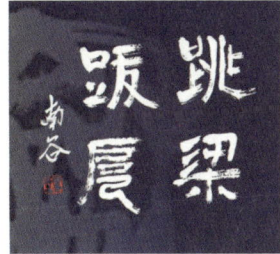

厚顔無恥(후안무치)

厚 두터울 후　　顔 낯 안
無 없을 무　　恥 부끄러울 치

❖ 낯가죽이 두꺼워 뻔뻔하고 부끄러움을
　모름

- 자신의 잘못이나 부끄러운 행위에 대해
  전혀 부끄러움을 느끼지 않고, 뻔뻔하
  게 행동하는 사람을 지칭합니다.
- 사회적 규범이나 도덕적 기준을 무시하
  고, 자신의 이익만을 추구하는 태도를
  나타냅니다.

〈ㅋ〉

快刀亂麻
쾌 도 난 마
어지러운 일을 시원스럽게 처리함.
快刀乱麻

快犢破車
쾌 독 파 차
어렸을 때의 성품이나 소행만으로는 사람의 장래를 속단할 수 없음.
快犊破车

〈ㅌ〉

他山之石
타 산 지 석
다른 산의 하찮은 돌이 자기 옥을 가는 데 도움이 된다는 말, 즉 타인의 하찮은 언행이 자기의 지덕을 연마하는 데에 도움이 됨.
他山之石

卓上空論
탁 상 공 론
실현성 없는 공상론. 동의어 궤상공론(机上空論).
卓上空论

坦坦大路
탄 탄 대 로
편편하고 아주 편한 길.
坦坦大路

脱兔之勢 탈 토 지 세	토끼가 뛰어나오듯 신속한 기세를 일컬음. 脱兔之勢
貪官汚吏 탐 관 오 리	욕심 많은 관원과 마음이 깨끗하지 못한 관리, 부패한 관리. 貪官汚吏
探花蜂蝶 탐 화 봉 접	꽃을 찾는 벌과 나비. 探花蜂蝶
太剛則折 태 강 칙 절	너무 강하면 부러지기 쉬움. 太剛则折
泰山北斗 태 산 북 두	사람들로부터 크게 존경받는 사람. 泰山北斗
泰山壓卵 태 산 압 란	큰 산으로 알을 누름. 큰 위력으로 내리 누름. 아주 손쉬움. 泰山压卵
太平聖代 태 평 성 대	평화롭고 살기 좋은 시대. 太平圣代
土昧人遇 토 매 인 우	야만인으로 대우함. 土昧人遇
土美養和 토 미 양 화	어진 임금은 인재(人材)를 잘 기름. 土美养和

兎死狗烹 토 사 구 팽

개를 몰고 토끼 사냥을 갔다가 사냥이 끝나면 개를 잡아먹는다. 즉 목적을 달성하고 나서 협조자를 배신함.

兎死狗烹

兎死狐悲 토 사 호 비

토끼의 죽음에 여우가 슬퍼한다는 뜻으로 동류의 불행을 슬퍼함.

兎死狐悲

兎營三窟 토 영 삼 굴

토끼가 위험에 대비해서 미리 세 구멍을 파놓는다. 즉 자기 안전을 위하여 미리 몇 가지 대안을 세워 놓음.

兎營三窟

吐哺握髮 토 포 악 발

중국의 주공이 식사 때나 목욕 때 내객이 있으면 먹던 것을 뱉고, 감고 있던 머리를 거머쥐고 맞이했다는 고사에서 유래. 잠시도 여유를 두지 않고 닥친 일을 해냄.

吐哺握发

投鼠忌器 투 서 기 기

쥐를 잡으려니 옆의 그릇을 깨뜨릴까 염려되어 피함.

投鼠忌器

波瀾重疊 파 란 중 첩	어려운 일이 복잡하게 겹침. 波澜重叠
破釜沈船 파 부 침 선	솥을 깨부수고 돌아갈 배도 가라앉힘. 죽을 각오로 싸움 터에 나섬. 破釜沈船
破邪顯正 파 사 현 정	그릇된 것을 깨뜨리고 정도를 드러냄. 破邪显正
破竹之勢 파 죽 지 세	걷잡을 새 없이 물리치고 쳐 들어가는 기세. 破竹之势
飽食暖衣 포 식 난 의	배불리 먹고 따뜻이 입는다는 뜻. 생활이 넉넉함을 이르는 말. 饱食暖衣
表裏不同 표 리 부 동	겉과 속이 다름. 表里不同
豹死留皮 표 사 유 피	표범은 죽어서 가죽을 남긴 다. 豹死留皮
風聲鶴唳 풍 성 학 려	바람이나 학 소리만 들어도 적병인 줄 알고 겁을 먹음. 风声鹤唳

風騷之士 풍 소 지 사	풍류가 있는 선비.	风骚之士
風樹之嘆 풍 수 지 탄	부모 생전에 효행을 다하지 못한 슬픔.	风树之叹
風月主人 풍 월 주 인	청풍명월의 주인공. 곧 자연을 좋아하는 사람.	风月主人
風前燈火 풍 전 등 화	바람 앞의 등불처럼 그 운명이 위태로움.	风前灯火
風餐露宿 풍 찬 노 숙	바람과 이슬을 무릅쓰고 밖에서 먹고 자다. 큰 뜻을 이루려는 사람의 모진 고초.	风餐露宿
風打浪打 풍 타 낭 타	일정한 주의(主義)나 주장 없이 대세에 따라 행동함.	风打浪打
匹夫之勇 필 부 지 용	필부란 소인배와 같은 의미. 좁은 소견을 가지고 어떤 계획이나 방법도 없이 혈기만을 믿고 마구 날뜀.	匹夫之勇
匹夫匹婦 필 부 필 부	평범한 남자와 평범한 여자.	匹夫匹妇

〈ㅎ〉

| 下石上臺
하 석 상 대 | 아랫돌을 빼서 윗돌을 괴고 윗돌을 빼서 아랫돌을 굄. 곧 임시변통으로 이리저리 둘러 맞춤.　下石上台 |

| 下學上達
하 학 상 달 | 낮고 쉬운 것부터 배워 깊고 어려운 것을 깨달음.
下学上达 |

| 鶴首苦待
학 수 고 대 | 학처럼 목을 길게 빼고 기다림. 몹시 기다림을 이르는 말.　鶴首苦待 |

| 學于古訓
학 우 고 훈 | 옛 성현의 가르침을 배움.
学于古训 |

| 漢江投石
한 강 투 석 | 작은 도움으로는 효과가 없음. 한강에 돌 던지기.
汉江投石 |

| 邯鄲之夢
한 단 지 몽 | 인생 영화의 덧없고 허무함을 비유.　邯鄲之梦 |

| 邯鄲之步
한 단 지 보 | 제 본분을 잊고 남의 흉내를 내면 둘 다 잃음.　邯鄲之步 |

汗牛充棟 한 우 충 동	소에 실으면 소가 땀을 흘리고 방에 쌓으면 책이 천장에 닿을 만큼 많음. 汗牛充栋
閒中眞味 한 중 진 미	한가한 중에 누리는 참맛. 闲中真味
含哺鼓腹 함 포 고 복	배불리 먹고 배를 두들기며 즐김. 含哺鼓腹
咸興差使 함 흥 차 사	심부름 간 사람이 돌아오지 않거나 소식이 없음. 咸兴差使
虛心坦懷 허 심 탄 회	아무 거리낌 없이 솔직한 태도로 일에 임함. 虚心坦怀
虛張聲勢 허 장 성 세	실속 없이 부리는 허세. 虚张声势
虛虛實實 허 허 실 실	허실의 계책. 잘되고 못되고를 가리지 않고 되는 대로. 虚虚实实
衒玉賈石 현 옥 고 석	옥을 진열해 놓고 돌을 팜. 炫玉贾石
懸河口辯 현 하 구 변	흐르는 물과 같이 거침없이 술술 나오는 말. 悬河口辩

두	头	頭=머리 두	头目/先头/头脑
마	马	馬=말 마	马车/马力/走马
만	万	萬=일 만 만	万岁/万历/万放
	湾	灣=물굽이 만	港湾
	蛮	蠻=오랑캐 만	蛮族/野蛮/蛮性
망	网	網=그물 망	鱼网/鸟网/网丝
매	卖	賣=팔 매	卖买/贩卖/散卖
	买	買=살 매	买入/买上/买价
	迈	邁=갈 매	迈进
맥	脉	脈=맥 맥	山脉/人脉/根脉
대	台	臺=대 대	望台/筑台/讲台床
	带	帶=띠 대	革带/温带/寒带
	队	隊=무리 대	军队/部队/发队
	贷	貸=빌릴 대	贷物/赁贷/贷借
도	导	導=이끌 도	引导/教导/善导
	岛	島=섬 도	孤岛/岛屿/岛民
	图	圖=그림 도	图书/地图/图画
독	独	獨=홀로 독	独身/孤独/单独
	读	讀=읽을 독	读书/读者/通读
	笃	篤=도타울 독	笃实/敦笃
	犊	犢=송아지 독	
돈	顿	頓=조아릴 돈	
동	东	東=동녘 동	东洋/东西/东序
	动	動=움직일 동	行动/动作/运动
	冻	凍=얼 동	冷冻/冻氷/冻死
력	轹	轢=삐걱거릴 력	轧轹/轹死

면	绵	綿=가는 실 면	绵织/纯绵
명	鸣	鳴=울 명	共鸣
멸	灭	滅=멸할 멸	全灭/灭私/灭共
모	谋	謀=꾀할 모	图谋/谋略/阴谋
몽	梦	夢=꿈 몽	梦寐/梦精/梦想
무	无	無=없을 무	无上/无力/无虑
	务	務=힘쓸 무	勤务/责务/任务
	贸	貿=바꿀 무	贸易
문	门	門=문 문	门前/房门/大门
	闻	聞=들을 문	新闻/所闻/听闻
박	扑	撲=칠 박	
반	饭	飯=밥 반	朝饭/饭馔/麦饭
발	发	發=떠날 발	出发/发声/促发
	拨	撥=다스릴 발	反拨/拨军
변	变	變=변할 변	变心/变节/变质
	边	邊=가장자리 변	海边/江边/路边
	辩	辯=말 잘할 변	辩护/辩士/辨明
병	骈	駢=나란히 병	
	饼	餅=떡 병	熬饼/卖饼
보	补	補=기울 보	补修/补助/补笔
	宝	寶=보배 보	宝石/宝座/宝华
	报	報=갚을 보	报道/报知/朗报
복	复	復=돌아볼 복	回复/复旧/往复
	仆	僕=종 복	仆从/臣仆/神仆
봉	凤	鳳=봉황 봉	凤凰/凤友
부	妇	婦=며느리 부	子妇/慈妇/夫妇

이상열	방병석	임준택	**스마트 북 12집**
강갑수	배상현	임충빈	감나무 울타리
권종태	배정향	전형진	발행에
권명순	백근기	전홍구	후원하신 분들
김광일	손경영	정경혜	
김대열	서경범	정기영	이계자 17,000
김명배	신건자	정두모	최강일 50,000
김무숙	신성종	정연웅	김어영 30,000
김미정	신영옥	정태광	김영배 40,000
김복희	신외숙	조성호	김예희 30,000
김상빈	신인호	주현주	이동원 30,000
김상진	심광일	진명숙	심용기 200,000
김연수	심만기	최강일	권명순 30,000
김성수	심은실	최명덕	홍문종 40,000
김소엽	안승준	최신재	김영백 50,000
김순덕	엄기원	최용학	김연수 200,000
김순찬	오연수	최원현	이주형 30,000
김순희	유영자	최의상	신외숙 50,000
김승래	이건숙	최창근	임성길 100,000
김어영	이계자	표만석	최의상 70,000
김영배	이동원	한명희	배정향 100,000
김영백	이병희	한평화	정경혜 50,000
김예희	이상귀	황화진	정연웅 100,000
김정원	이상인	허윤정	남춘길 50,000
김흥성	이상진	김예희	강명순 80,000
남창희	이석문	성용애	심소연 100,000
남춘길	이선규		방병석 100,000
민은기	이은석		
박경자	이주형		
박영애	이소연		
박영률	이진호		
박주연	이용덕		
박찬숙	이채원		
박 하	임성길		